Gayle Friesen

Pour toujours

Traduit de l'anglais par
Marie-Claude Hecquet

la courte échelle

Les éditions de la courte échelle inc.
5243, boul. Saint-Laurent
Montréal (Québec) H2T 1S4
www.courteechelle.com

Direction littéraire et artistique : Marie-Andrée Arsenault
Traduction : Marie-Claude Hecquet
Révision : Leïla Turki
Infographie : D.SIM.AL

Dépôt légal, 3ᵉ trimestre 2009
Bibliothèque nationale du Québec

Texte © 2002 Gayle Friesen
Édition originale : *Losing forever*
Publié avec l'autorisation de Kids Can Press Ltd.,
Toronto, Ontario, Canada

La courte échelle reconnaît l'aide financière du gouvernement du Canada
par l'entremise du Programme d'aide au développement de l'industrie de
l'édition pour ses activités d'édition. La courte échelle est aussi inscrite
au programme de subvention globale du Conseil des Arts du Canada
et au programme de subvention à la traduction, et elle reçoit l'appui
du gouvernement du Québec par l'intermédiaire de la SODEC.

La courte échelle bénéficie également du Programme de crédit d'impôt
pour l'édition de livres – Gestion SODEC – du gouvernement du Québec.

**Catalogage avant publication de Bibliothèque et Archives nationales
du Québec et Bibliothèque et Archives Canada**

Friesen, Gayle

[Losing forever. Français]

Pour toujours

(Jes ; 1)
Traduction de : Losing forever.
Pour les jeunes de 13 ans et plus.

ISBN 978-2-89651-245-4

I. Hecquet, Marie-Claude. II. Titre. III. Titre : Losing forever. Français.

PS8561.R495L6814 2009   jC813'.54   C2009-940894-5
PS9561.R495L6814 2009

Sources Mixtes
Groupe de produits issu de forêts bien
gérées et d'autres sources contrôlées.
www.fsc.org Cert no. SGS-COC-2624
© 1996 Forest Stewardship Council

Imprimé au Canada
sur les presses de l'imprimerie Gauvin

Gayle Friesen

Lorsqu'elle était jeune, Gayle Friesen aurait voulu être Anne Shirley, le célèbre personnage des romans de Lucy Maud Montgomery. Elle a toujours voulu écrire, et elle s'est rapidement fait connaître grâce à sa plume sensible et ancrée dans la réalité des jeunes d'aujourd'hui. Son premier roman, *Janey's Girl,* a notamment été sélectionné pour le Prix du Gouverneur général et a remporté plusieurs prix. Gayle Friesen a aussi obtenu d'excellentes critiques pour ses romans *Men of Stone* (2000) et *The Isabel Factor* (2005) ainsi que pour *Losing Forever* (2002) et *For Now* (2007) (traduits par *Pour toujours* et *Pour l'instant* à la courte échelle en 2009).

Gayle Friesen se consacre aujourd'hui à plein temps à l'écriture et vit en Colombie-Britannique.

De la même auteure, à la courte échelle

Série Jes :
Pour l'instant

Au sujet de *Pour toujours*, de Gayle Friesen

« Remarquablement bien écrit » *Booklist*, Janvier 2003

« Un roman de qualité, avec des dialogues intelligents et des personnages bien incarnés. » *School Library Journal*, Décembre 2002

Prix et mentions

Honoré par La Société internationale des bibliothécaires scolaires, section lettres et langues, catégorie sixième année, 2004

Finaliste, Prix des jeunes lecteurs Chocolate Lily, 2004

Finaliste, Prix des jeunes lecteurs du Manitoba, 2004

Sélectionné par le Centre canadien des livres pour la jeunesse, 2003

Élu « Livre jeunes adultes de l'année 2003 » par l'Association des bibliothèques canadiennes

Lauréat du Prix Red Maple, 2003

Finaliste, Prix Sheila A. Egoff, 2003

Gayle Friesen

Pour toujours

Traduction de Marie-Claude Hecquet

la courte échelle

Remerciements

J'aimerais remercier Jennifer Stokes, qui sait tant de choses que je ne sais pas, pour son travail de relecture, et Charis Wahl pour avoir mis à mon service ses talents de réviseure. Je voudrais également remercier Brian de son aide ainsi que mes trois sœurs, Barb, Pat et Bren, de m'avoir réchauffée de leur présence.

À Bradley, à Alex et à la « gang » de Mara,
avec toute mon affection

Prologue

À Mara l'eau m'attend. Dès que mon pied touche les planches du ponton chauffé par le soleil, je ressens cette attente. Je marche jusqu'au bout du quai, je perçois le mouvement des vagues sous les planches, leur bercement lent et doux. Parfois, je reste longtemps immobile, parce que je sais que, une fraction de seconde plus tard, ce sera terminé — fini pour toute une année. Je me mets à trembler même s'il fait très chaud.

Quand je n'en peux plus de patienter, je lève les bras vers les étoiles. Pendant un instant, jusqu'à ce que je m'élance pour plonger, je ne fais plus qu'un avec l'air. Le bout de mes doigts rencontre alors l'eau qui glisse sur moi — sur mes doigts, mes poignets, mes coudes et le dessus brûlant de ma tête — comme un arc-en-ciel. Ensuite, c'est au tour de mes genoux, de mes chevilles et de mes orteils. Je suis toujours un peu triste de ne pas pouvoir sentir chaque centimètre de mon corps entrer dans l'eau. Tout se passe trop vite pour que j'enregistre le moindre mouvement. Mais je sais exactement quand mes pieds touchent l'eau, parce qu'ils sont les derniers à y pénétrer.

Une fois dans le lac, je salue Mara. « Je suis de retour », me dis-je avec exaltation. Mara frissonne à son tour. Mon arrivée provoque des vagues qui vont mourir sur le bord de ses berges.

Chapitre 1

— Et si Cendrillon n'avait pas été chez elle ce jour-là ? ai-je demandé à Sam.

Il ne m'a pas répondu. Il était occupé à perfectionner son lancer au panier dans notre cour arrière.

— Ou si la Belle au bois dormant s'était retournée dans son lit et rendormie pendant dix ans ? Son prince aurait-il attendu, essayé et essayé encore ? Et puis, n'avait-elle pas de vrai nom ? Elle devait avoir un nom. Pourquoi est-ce que je ne m'en souviens pas ?

Sam a lancé le ballon très fort dans ma direction. J'ai tendu les bras et je l'ai fait dévier pour qu'il atterrisse dans les rosiers. Sam l'a récupéré rapidement, jetant un coup d'œil vers la fenêtre pour s'assurer que ma mère ne regardait pas dans notre direction.

— C'est quoi, cette histoire avec les contes de fées ?

Sam a lancé le ballon par-dessus son épaule sans regarder le panier. Il frimait. Il a raté son coup, et bien raté.

— Jouons. Je te donnerai deux points d'avance, m'a-t-il proposé.

— Oh ! de la psychologie inversée. Ça va sûrement marcher ; ça fait des années que ma mère essaie cette technique avec moi.

— Allez, viens !

— Il fait trop chaud. Quel était son nom ? Ça va me rendre folle.

— Ça arrivera plus vite que tu ne le penses. Tu es déjà un peu cinglée.

— Pas plus que toi.

Il m'a fait un sourire en coin. Ses broches brillaient à la lumière du jour, et ses cheveux couleur paille tombaient sur son visage comme un épais rideau.

Il les a repoussés en arrière, découvrant des yeux verts lumineux.

— Blanche-Neige, a-t-il dit soudain.

— Hein ?

— C'était ça, son nom.

Je me suis mise à rire.

— La Belle au bois dormant s'appelait Blanche-Neige ?

Sam réussit toujours à me faire rire. Nous sommes amis depuis des siècles.

— Ouais. En fait, Blanche-Neige ne se débrouillait pas trop mal. Elle vivait dans les bois, dans une maisonnette recouverte de lierre, avec ses sept petits copains. Ils passaient probablement leur temps à pêcher, à nager dans un étang à nénuphars et à faire la fête. Alors, pourquoi a-t-elle choisi de laisser cette vie pour aller s'embêter dans un château ? Tu veux parier qu'elle n'a jamais revu ses vieux copains après être partie avec son prince ? Tu imagines un peu Simplet ou Atchoum invités à un bal royal ? Aucune chance que cela se produise !

Sam a étiré ses grandes jambes sur la chaise longue.

— C'est quoi, cette histoire avec les contes de fées ? m'a-t-il demandé de nouveau en contemplant le ciel, les mains croisées derrière la tête.

— Je pensais aux mensonges en général. Et à cette idée de « pour toujours » : tu sais, aimer quelqu'un pour toujours. Ce n'est rien qu'une histoire à dormir debout.

— Je t'aimerai toujours.

Il m'a souri de nouveau.

J'ai fait une grimace et j'ai senti les lignes de mon front rejoindre mes sourcils.

— Pourquoi dis-tu des trucs comme ça ? lui ai-je demandé.

— Pour te voir rougir.

Il a tiré son appareil photo du sac près de sa chaise. Certaines personnes se promènent avec une patte de lapin ; Sam, lui, traîne toujours son appareil photo. Il dit qu'on ne sait jamais quand il va y avoir quelque chose à immortaliser. Il a un million d'albums de photos chez lui.

J'ai ordonné :

— Pas de photo !

Il a obéi. Puis, j'ai ajouté plus doucement :

— Et je ne rougis pas.

— Je sais. Tu es juste en colère parce que Dell a un petit ami.

J'ai pris mon verre et j'en ai avalé le contenu si brusquement que les glaçons ont heurté mes dents.

— Ça ne me regarde pas si elle sort avec Marshall, même s'il ne connaît pas son deuxième prénom.

Sam a hoqueté, fait une pirouette et atterri sur la galerie. Il a frappé les planches délavées avec ses poings.

— Le « porc » ne connaît pas son deuxième prénom ?

Il s'est levé sur les coudes et s'est avancé lentement vers moi.

— Dis-moi que ce n'est pas vrai.

— Tu vas avoir des échardes.

— La douleur ne me fait pas peur si elle m'aide à oublier que Marshall ne connaît pas le deuxième prénom de Dell.

Il a levé la tête et hurlé :

— Jessica Joy Miner-Cooper.

J'ai sursauté en entendant mon nom. Jessica Joy. Il ressemblait à celui d'une peluche. Et que dire de mon nom de famille, qui s'écrit avec un trait d'union ?

J'ai couru jusqu'au tuyau d'arrosage et je l'ai tourné en direction de Sam, prête à tirer. Il s'est mis à chantonner mon nom d'une voix de fausset. J'ai ouvert l'eau et j'ai réussi à arroser une bonne partie de sa chemise avant qu'il se jette sur moi. Puis, j'ai crié et lâché le tuyau. Je ne suis pas trouillarde, mais je perds mes moyens quand quelqu'un me court après. J'ai traversé la pelouse en me dirigeant vers la porte arrière de la maison, avant de changer d'idée. Primo, parce que ma mère venait juste de laver le plancher; secundo, parce que Sam n'a aucune limite quand il s'agit de gagner (comme dirait ma-mère-la-thérapeute).

J'ai fait une ultime tentative pour atteindre la cabane de jeu, mais je pouvais déjà sentir le jet d'eau m'arroser les jambes. Alors, je me suis arrêtée et j'ai attendu. Sam a lâché un cri de joie et n'a montré aucune pitié. Puis, comme je m'y attendais, il a dirigé le tuyau vers lui. Je me suis mise à glousser sans pouvoir me contrôler — un truc de fille que j'essaie en vain d'éviter.

J'ai pris deux serviettes qui séchaient au soleil et je lui en ai lancé une. Nous les avons étendues par terre, puis nous nous sommes allongés sur le dos pour nous faire sécher.

La chaleur du soleil de l'après-midi m'a enveloppée comme une couverture.

— Tu vois ce nuage qui ressemble à un toit et qui a les contours d'une maison recouverte de lierre, Jes? Nous pourrions vivre là.

— Ah oui, Simplet? Jusqu'à ce qu'une grosse tempête arrive? Et puis après, que se passerait-il?

Il a fermé les yeux et levé le menton vers le soleil.

— Tu es la fille la moins romantique que j'aie jamais rencontrée. C'en est presque anormal.

Je me suis vite redressée et je suis allée récupérer le ballon de basket.

— Jouons rien que toi et moi, rêveur. Je te donnerai deux points d'avance.

Chapitre 2

Même en tenant le téléphone à bout de bras, je pouvais entendre la voix haut perchée et excitée de Dell. Elle avait passé la journée avec Marshall et cela faisait au moins vingt minutes que je l'écoutais — en bonne amie que j'étais — me faire un compte rendu détaillé de leurs moments ensemble. Mais, quand elle en est arrivée à choisir le prénom de leurs futurs enfants, j'en ai eu assez et j'ai cessé de l'écouter.

À un certain moment, je n'ai plus rien entendu au bout du fil, alors j'ai vite replacé le téléphone contre mon oreille.

— Wow, c'est super ! me suis-je exclamée.

— J'ai dit qu'il s'était foulé le poignet.

— Oh !

Je m'étais fait prendre.

— Il va bien ?

— Il ne s'est pas foulé le poignet. Je voulais juste voir si tu m'écoutais. Je parie que tu n'avais même pas le téléphone à l'oreille !

Je m'étais fait piéger une fois de plus. Elle était rusée ; ça, je ne pouvais le nier. Je me suis reprise :

— Tu veux passer ce soir ? Ma mère et Cal vont planifier des détails absolument cruciaux de leur mariage, comme la couleur du nœud papillon que le traiteur devrait porter. Nous pourrions commander une pizza.

— Pas ce soir, c'est impossible. Marshall va me montrer des vidéos de lui quand il était bébé. Tu peux venir si tu veux.

Je me suis enfoncé un doigt dans la gorge pour faire semblant de vomir et je me suis sentie un peu mieux. J'ai repris :

— Ça a vraiment l'air excitant. Je pourrais aussi m'asseoir dans la position du lotus dans ma salle de bain et regarder la moisissure s'étendre sur les joints de la céramique.

— Premièrement, tu ne fais pas de yoga. Ensuite, ta mère te tuera si tu ne nettoies pas ta salle de bain. Troisièmement… pourquoi n'aimes-tu pas Marshall ?

Sa voix a faibli au troisième point, et je me suis sentie exactement comme la pourriture à propos de laquelle ma mère me tuerait, comme Dell l'avait dit avec raison.

— Mais je l'aime. C'est juste que je ne le connais pas. Il est vraiment *hot*, ça, c'est sûr.

— Il l'est, hein ?

— Adorable. Adorablissime. Méga-adorable.

— Jes !

— Non, c'est vrai. Il est mignon. Mais je ne suis pas sûre d'être prête à le voir avec des couches, d'accord? Ni soufflant sur les bougies de son premier gâteau d'anniversaire. Et puis, ma mère m'a dit qu'elle avait une grosse surprise pour moi et elle en était tout enthousiasmée, alors je ferais mieux de rester à la maison.

— Une surprise?

Dell semblait excitée.

— D'après toi, qu'est-ce que c'est — un chiot?

Je me suis mise à rire.

— Un chiot, ouais! Tu vois ma mère vêtue d'un tailleur chic et tenant dans ses bras une petite boule de fourrure qui se tortille et perd ses poils?

J'ai imité ma mère du mieux que je le pouvais:

— Jes, ma chérie, je sais que tu n'es pas très heureuse à l'idée d'avoir un beau-père, alors voici un chiot; comme ça, nous sommes quittes, d'accord?

Puis, m'adressant de nouveau à Dell:

— Oui, je pense que tu es sur la bonne piste.

— Quand t'habitueras-tu à l'idée que ta mère a bel et bien l'intention d'épouser ce type et qu'en plus elle va le faire dans un mois?

— Jamais.

— Il est plutôt cool pour un vieux.

— Aussi cool qu'une saucisse.

Dell s'est mise à rire.

— Cent pour cent bœuf ou dinde?

— Dinde.

— Jessica !

— Adèle !

— Trouve-moi quelque chose de mauvais, d'horrible à dire à son sujet.

— Il suce ses dents, il cligne des yeux quand il est nerveux, il en fait trop, beaucoup trop…

— J'ai dit *une* chose.

— Il se rase les jambes.

— C'est parce que c'est un cycliste.

— Je crois qu'il aime ça.

— Tu sais ce que je pense ?

— Vas-y ! De toute façon, tu vas m'en parler.

— Tu ne l'aimes pas tout simplement parce qu'il n'est pas ton père.

Elle avait parfaitement raison.

— Jes ?

— Tu sais ce que je me suis dit l'autre jour, Dell ? Que, même si ma mère est psychologue, il y a sûrement encore assez de place dans ma vie (dans mon cerveau) pour qu'une autre personne se mette à y fouiller. Ce que j'aimerais, vois-tu, c'est qu'à un moment mon cerveau s'ouvre et que son contenu se déverse afin que n'importe qui — qu'il ait un diplôme ou un costume chic — puisse fouiller, soupeser mes pensées et mes sentiments à volonté, et m'en faire part. Parce que j'en ai réellement besoin, tu sais ? Je suis incapable de savoir ce que je ressens et ce que je pense. Alors, j'ai besoin de toute l'aide qu'on peut m'offrir. Vraiment.

Silence.

— Alors, tu ne veux pas venir ce soir, a dit Dell calmement.

— Demain peut-être. Salue Marshall pour moi.

— Un… deux…

Je l'ai entendue dire « trois » et nous avons raccroché.

Dell et moi étions devenues amies en troisième année du primaire. Avant ça, j'avais surtout passé mon temps avec Sam, mais il traversait alors la phase « les filles, c'est répugnant » et je me sentais délaissée. Un jour, notre enseignante avait changé les élèves de place dans la classe et je m'étais retrouvée assise à côté de Dell. J'admirais ses cheveux roux et bouclés, parce qu'ils ressemblaient à un feu de joie. Je le lui avais dit. Elle avait levé les sourcils très haut et j'avais cru que je l'avais insultée, mais elle avait pris un calepin dans son sac à dos et je l'avais vue écrire mon compliment mot pour mot. J'avais remarqué que ses « d » étaient inclinés vers l'arrière.

— C'est une très jolie comparaison, avait-elle murmuré.

— C'est très bien choisi, avais-je chuchoté à mon tour.

L'enseignante nous avait gardées en retenue à la récréation pour cause de bavardage, et Dell m'avait posé un tas de questions pendant que nous nettoyions les brosses pour le tableau. Où habitais-je ? Quelle était ma couleur préférée ? (La sienne était le fuchsia.) *Baseball*

Ballerina n'était-il pas le meilleur livre jamais écrit ? (Je n'en savais rien, mais j'avais prétendu l'avoir lu.) Avais-je des frères, des sœurs ? Combien ? (Elle avait une sœur très méchante qui s'appelait Pammy.)

J'étais restée silencieuse pendant une seconde, puis je lui avais confié ce que je n'avais encore jamais dit à personne :

— Ma sœur est morte.

Du haut de ses huit ans, elle avait mis son bras autour de mes épaules. Elle n'avait rien ajouté, mais j'avais vu une grosse larme tomber sur le sol. Notre amitié était née au milieu de la poussière de craie, scellée par une larme.

J'ai fait réchauffer le souper que ma mère m'avait laissé : un reste de poulet (desséché) avec de la purée de pommes de terre trop liquide. J'ai mis de côté les mini-carottes que le micro-ondes avait transformées en orteils déshydratés.

Ces derniers temps, je m'étais mise à lire des magazines avec des recettes, espérant trouver dans l'univers culinaire un plat dont l'ingrédient principal ne serait pas une boîte de soupe aux champignons. La cuisine a toujours déconcerté ma mère. La cuisine et, récemment, moi.

— Pourquoi n'aimes-tu pas Cal ? m'avait-elle demandé après notre premier dîner tous les trois ensemble. Pourquoi ne lui donnes-tu pas une chance ? C'est un type *formidable*.

Formidable. For-mi-da-ble. C'est ce qu'elle avait dit. Je n'ai peut-être que quinze ans, mais je sais reconnaître les mots suspects quand je les entends. *Formidable, super, merveilleux* — ils déclenchent tous un signal d'alarme dans mon cerveau, parce qu'ils cachent une autre réalité qui n'est jamais aussi formidable, super, merveilleuse. Des mots qui cachent un mensonge. Des mots comme *pour toujours*.

J'ai nettoyé mon assiette et je l'ai mise dans le lave-vaisselle. J'ai repensé au jour où ma mère avait amené Cal à la maison, il y a six mois. Elle le fréquentait depuis un certain temps déjà. Ils travaillaient ensemble dans le même groupe de consultation et, à eux deux, ils avaient réponse à tout. Ils adoraient regarder la télé et analyser le langage corporel. Les *talk-shows* étaient leurs émissions préférées. Ils échangeaient des remarques comme : «Regarde comment elle croise les bras ! Elle est sur la défensive. As-tu vu ce pied qui s'agite ? Elle est nerveuse, anxieuse…»

Et ils se mettaient à rire comme des malades. Moi, je montais le son, espérant que les dialogues m'aideraient à mieux comprendre.

— Comme ça, Jessica, tu es en secondaire trois ?

C'est ce que Cal m'avait demandé quand il m'avait rencontrée.

— Ouais.

— Aimes-tu l'école ?

Très original.

— Ça va.

— Ta mère dit que tu es un as en français. Aimes-tu la lecture ?

— Ouais.

— Moi, je ne lisais pas beaucoup à l'école. Je n'aimais pas les romans. Je préférais les histoires vraies.

Connaissez-vous le son que l'eau fait quand elle est aspirée dans le trou de l'évier ? C'est exactement ce bruit que j'ai entendu dans ma tête quand il a proféré ces paroles. Je lui ai répondu :

— C'est drôle, j'ai toujours pensé que la fiction reposait sur la vérité.

Le vieux Cal a eu l'air perplexe et il a penché la tête vers la droite. (Ma mère, elle, penche toujours la sienne vers la gauche.) Il a posé le doigt sur son menton et ajouté :

— Hummm, c'est intéressant.

Intéressant. Rajoutez ça à la liste des *formidable, super, merveilleux.* On pense que ça veut dire une chose mais, en général, ça a un autre sens.

Il n'y avait pas un souffle d'air dans la maison, alors je suis allée dans la cour arrière. J'ai ramassé le ballon de basket et j'ai visé. Il a traversé le panier en sifflant. Par habitude, j'ai jeté un coup d'œil vers la maison de Sam, mais tout était tranquille. Sa famille était partie passer la fin de semaine au lac.

Sam a deux jeunes frères, Henri et Danny, et, quand ils sont à la maison, il y a de l'action. Sam se plaint que

26

ses frères sont pénibles, mais ce n'est pas vrai. Il n'y a pas meilleur grand frère que lui. Il leur montre des tas de trucs, comme faire voler un cerf-volant ou lancer une balle de baseball. Nous nous connaissons depuis que nous sommes bébés. Nos mères nous ont promenés en poussette ensemble, puis elles nous ont inscrits aux mêmes cours de natation et camps de théâtre. Après Dell, Sam est mon meilleur ami.

Pourtant, Sam a bien failli tout gâcher l'année dernière. Nous faisions du patin à roues alignées et j'avais dû m'écarter brusquement pour éviter un de ces fous de la marche rapide. J'avais atterri dans les buissons, et Sam m'avait aidée à me relever avec un sourire idiot sur le visage. Avant que j'aie eu le temps d'enlever la saleté de mes protège-coudes, il m'avait attrapée et embrassée ! Pour tout dire, il avait eu l'air aussi surpris que moi après, mais c'est quand il avait essayé de s'expliquer qu'il avait vraiment envenimé la situation.

— Tu avais l'air tellement mignonne par terre ! Tu étais toute fripée et… mignonne.

Mignonne ! J'avais explosé.

— Ne me dis pas que je suis mignonne !

Ce n'est pas ma faute si les gènes de mes parents ont conspiré pour faire de moi une chose de un mètre cinquante et des poussières, maigrichonne, qui a déjà menacé d'arrêter de grandir. Je ne veux pas être mignonne. Je me sens immense à l'intérieur, comme un géant qu'on aurait obligé à vivre dans une niche. Je veux bondir, voler, m'élever au-dessus de l'ordinaire. Me pencher et non pas tendre la main pour atteindre ce qui m'intéresse, non pas être obligée de regarder l'intérieur des narines de mes interlocuteurs. Je veux être, à l'extérieur, aussi grande que je le suis à l'intérieur.

« Tu es tellement *intense* ! » Voilà sûrement ce que Dell aurait dit. C'est ce qu'il y a de bien avec les meilleures amies. Elles sont avec nous même quand elles sont ailleurs.

J'ai lancé de nouveau le ballon. Il a heurté le cercle, a vacillé et est tombé plus loin.

Les deux semaines suivant « le baiser », je n'avais pas parlé à Sam. Il avait essayé de me téléphoner ; j'avais raccroché. Il était venu à la maison ; j'avais fait semblant de ne pas être là. Il avait fini par glisser sous la porte une feuille sur laquelle il avait dessiné un personnage tenant sa tête décapitée. « J'ai perdu la tête », disait la légende. Je lui ai pardonné à ce moment-là, mais il était encore en probation.

— Ouu-Ouu ! Nous sommes rentrés, a crié ma mère, et sa voix était assourdie par la distance. Puis, je l'ai vue regarder par la fenêtre. Elle m'a fait signe de venir à l'intérieur — ah oui, la surprise ! La théorie de Dell m'a traversé l'esprit, mais je savais que c'était peu probable que je reçoive un chien, même si j'en demandais un depuis l'âge de dix ans.

Malgré tout, j'ai éprouvé une certaine impatience.

— Chérie !

Ma mère m'a serrée trop fort dans ses bras et j'ai senti qu'elle était nerveuse. Le langage corporel trahit l'état d'esprit. Que voulez-vous, quand on vit avec une psy, ça finit par déteindre sur soi.

— J'ai une belle surprise pour toi, a déclaré ma mère.

De folles pensées m'ont envahie. « Cal et moi, nous avons rompu. » « Le mariage est annulé. » « Ton père et moi allons revivre ensemble. » Ou, à tout le moins, « Dis bonjour à Fido ! »…

— OK, Cal, j'ai entendu ma mère dire. Tu peux la faire entrer.

Cal a franchi la porte, avec un grand sourire. Derrière lui se tenait une fille. Trop nul ! Mon rêve canin s'est évanoui. J'ai penché la tête vers la gauche. Une fille, ou plutôt l'idée que l'on peut se faire de la perfection féminine, a flotté dans la pièce comme un hologramme. Elle était grande et mince ; elle avait, de surcroît, de longs cheveux blonds bouclés et d'éblouissants yeux verts. Elle était parfaite. Je l'ai imaginée courant sur une plage au ralenti — elle devait toujours se déplacer au ralenti.

— T'en souviens-tu, Jes ? Je t'ai déjà parlé d'Angela, la fille de Cal, qui a ton âge. Eh bien, la voici !

— Ta nouvelle sœur, a ajouté Cal.

J'ai vu ma mère se mordre les lèvres dès qu'elle a entendu ces mots. L'ombre d'un souvenir est passée sur son visage.

Chapitre 3

J'ai appuyé sur la sonnette de l'appartement de mon père, espérant qu'il serait chez lui. Avec son travail à mi-temps, il est rarement absent.

— Oui ? a-t-il répondu d'un air agacé.

— Salut, p'pa. C'est moi.

— Ah, c'est toi ! Monte.

En m'entendant, sa voix avait changé, s'était adoucie.

Je me suis préparée à pousser la porte au moment précis où j'entendrais son bourdonnement. Il m'avait fallu au moins trois visites avant d'y parvenir. À présent, je maîtrisais parfaitement la situation, et j'ai appuyé sur la porte au bon moment.

J'ai avancé dans les couloirs étroits en essayant de ne pas prêter attention aux odeurs de cuisine : du chou et du curry. J'ai espéré qu'ils ne figureraient pas dans le même repas. Les deux premiers mois après la séparation de mes parents, j'avais essayé de me convaincre que la situation était temporaire, que ma mère et mon père disaient la vérité, qu'ils avaient besoin de temps pour voir plus clair dans leurs sentiments… Mon père ne vivrait pas indéfiniment dans cette ruche, où le vieux de l'appartement 401 se plaignait toujours lorsque l'ascenseur était utilisé pour un déménagement, où le locataire du 407 ressemblait aux criminels recherchés montrés à la télé… Mon père n'était pas à sa place parmi les problèmes des autres et les odeurs de cuisine bizarres.

— Jes ! Quelle bonne surprise !

— Salut, p'pa.

Je l'ai serré dans mes bras et il a fait de même, embrassant le dessus de ma tête.

— Je ne t'attendais pas avant demain matin. Mais je ne me plains pas.

— Je pensais que tu étais peut-être sorti.

— Non. Je ne faisais rien de spécial. Je lisais.

Il m'a montré un gros roman déployé sur la table du salon.

— Tu devrais sortir plus souvent, tu sais, lui ai-je dit.

— Ne t'en fais pas pour moi, fripouille.

J'ai regardé la pièce vraiment moche. Il n'y avait pas de photos sur les murs, juste des taches de peinture plus claires là où les locataires précédents avaient suspendu des tableaux. La vie de quelqu'un d'autre.

— Comment va ta mère ? m'a-t-il demandé.

— Bien. Très bien. *Super*. Tu connais maman.

— Hum, hum, a-t-il dit.

Quelle phrase stupide j'avais sortie! Ils se connaissaient depuis le secondaire.

— La préparation du mariage va bon train, ai-je marmonné. Maman a tout prévu jusqu'au moindre…

— Ouais, ouais. Tout sera parfait, non?

J'ai hoché la tête et je me suis dirigée vers la petite cuisine. J'ai ouvert le frigo et sorti une boisson gazeuse. En haut du mur, juste sous le plafond, d'anciens locataires avaient commencé à dessiner au pochoir des fleurs et des arrosoirs dans des teintes de rose et de bleu pastel. Ils n'avaient pas été plus loin que le milieu de la pièce minuscule. Que s'était-il passé de si important pour qu'ils ne finissent pas ce boulot aussi insignifiant? Ça m'a agacée.

— Tu as soupé? m'a demandé mon père.

— Pas vraiment.

— J'allais faire une fricassée.

— Parfait. Je peux t'aider?

— Bien sûr. Hache le céleri et les oignons, s'il te plaît.

— Pas les oignons, ai-je grogné. Je vais pleurer comme un bébé.

— Je préfère que ce soit toi plutôt que moi, cocotte.

Il m'a tendu un couteau.

— Alors, tu l'aimes bien ce type, ce… Cal?

Une pince est entrée en moi et s'est mise à tordre tout ce qu'il y avait à l'intérieur de mon corps. Plus mon père me posait de questions sur la vie de ma mère, plus la pince serrait fort. Plus il parlait d'elle, plus j'étais sûre de voir son cœur briller sous sa chemise en denim délavée, pomper du sang malgré la fêlure au milieu.

— Il est correct. Papa, ce céleri a l'air d'avoir mille ans.

— Eh bien ! c'est parce que c'est un céleri de mille ans. Très rare, très cher, très…

— C'est terrible. Regarde, il n'est plus du tout croquant. On peut le tordre.

Je lui ai fait une démonstration et j'ai donné au céleri la forme d'un bretzel. Il a regardé par-dessus mon épaule en jetant :

— Je suppose qu'il ne devrait pas faire ça, hein ? D'ailleurs, ces tomates ont l'air plutôt anémiques, elles aussi. J'aurais dû préparer cette fricassée la semaine dernière.

J'ai hoché la tête et posé le céleri ramolli.

— Pizza ? m'a-t-il proposé.

— Sans olives.

— Sans olives ? C'est ce qu'il y a de meilleur. Une pizza sans olives, c'est comme…

— OK. OK. La moitié avec olives. D'accord ?

— D'accord.

J'ai composé le deux, le numéro abrégé de Tom's Pizza, et je me suis demandé combien de personnes comptaient une pizzeria et un resto chinois parmi leurs numéros abrégés.

— Alors, qu'est-ce qui t'amène ici un vendredi soir ? On va toujours à la pêche demain, non ?

J'ai pris une grande gorgée de mon soda et j'ai hoché la tête. Devais-je lui parler d'Angela, la fille de Cal ?

Je savais que Cal avait une fille, bien sûr. Elle habitait en Californie avec sa mère. Je m'attendais à ce qu'elle vienne pour le mariage, mais pas si tôt.

Ma mère avait bien essayé de m'expliquer la situation :

— Nous ne l'attendions pas si vite. Elle a appelé Cal de la gare d'autobus pour lui dire qu'elle était arrivée.

— Pourquoi doit-elle demeurer avec nous plutôt qu'avec lui ?

Ma mère avait hésité.

— Son appartement est trop petit. Et, avec son travail au foyer de groupe, il y a des nuits où il n'est pas chez lui. Si elle habite ici, nous pourrons faire connaissance.

Elle avait un sourire peu convaincant sur le visage, comme si elle essayait de nous vendre à toutes les deux une voiture d'occasion dont nous n'avions pas vraiment besoin. Elle avait ajouté négligemment qu'Angela s'installerait dans ma chambre.

C'est là que j'avais eu un mini-accès de colère.

— *Ma* chambre ?

— Eh bien ! je suppose que je pourrais vider un placard et la mettre dedans, avait-elle répondu sèchement en regardant dans le couloir comme pour voir si ma voix avait porté jusqu'en haut de l'escalier.

— Un placard, le grenier… tu peux la mettre dans une tente dans la cour arrière, je m'en fiche. Mais pas dans ma chambre.

Ma mère avait fermé la porte de la cuisine avec force, respiré à fond et pris son air de conseillère.

— Alors, si je comprends bien, tu ne veux pas partager ta chambre ? Explique-moi pourquoi.

La minuterie était en marche. Notre séance de « thérapie » avait commencé, et j'avais su tout de suite que la bataille était perdue pour moi. Je n'aurais même pas le temps de tirer une seule salve.

— Oublie ça, m'man. Là, je m'en vais chez papa. J'ai promis de lui apporter, euh, des livres.

C'était un infâme mensonge. Rien qu'un mensonge.

— Mais c'est la première journée d'Angela ici ! Je pensais que nous pourrions apprendre à nous connaître. J'ai acheté un gâteau à la crème glacée.

Quand ma mère et mon père s'étaient séparés pour de bon, nous étions allés manger des coupes glacées au *fudge* chaud. Une tendance se dessinait, donc…

Je me suis demandé si cette méthode fonctionnait avec ses patients suicidaires. J'ai imaginé ma mère leur dire : « Écoutez, je sais que la situation n'a pas l'air rose… Que désirez-vous : triple chocolat ou pacanes au beurre ? »

— Papa et moi allons à la pêche demain, m'man. Je préfère dormir chez lui. Comme ça, nous pourrons partir très tôt.

Elle a acquiescé, beaucoup plus facilement que je l'aurais cru. En fait, elle semblait presque soulagée.

— Hé, tête en l'air ! *(Mon père m'a tapé sur l'épaule.)* Où étais-tu ?

— Hein? Oh, nulle part! As-tu acheté le nouveau leurre pour demain? Si tu es d'accord, je pourrais passer la nuit ici. Comme ça, nous partirons plus tôt.

— Ça me convient. Tu es sûre que tout va bien? Tu as l'air, euh, préoccupée.

— Non. Je vais bien.

Mon père a haussé les épaules et allumé la télé. Il ne voulait pas en savoir davantage.

Après la pizza, trois émissions et une partie de *back-gammon*, il m'a aidée à mettre le futon par terre et à faire mon lit. Les draps aux fleurs psychédéliques fanées étaient ceux de papa et maman quand j'étais petite et que je me glissais près d'eux après un cauchemar. À certains endroits, ils étaient usés, presque troués. J'ai posé mes doigts dessus.

— Je suppose que je devrais acheter des draps neufs, a dit mon père.

— Non, ai-je répondu très fort. Trop fort.

Il a semblé surpris.

— Je les aime, papa. Ils sont confortables, doux. N'achète pas de draps neufs. Promis?

Il s'est redressé, avec un sourire incertain.

— OK. Je te le promets. Croix de bois, croix de fer, si je mens…

— … je vais en enfer.

Je l'ai embrassé pour lui souhaiter bonne nuit. Je l'ai regardé se diriger vers sa chambre minuscule et prendre au passage son gros bouquin.

— Qu'est-ce que tu lis ?

— Oh ! tu sais, un vieux roman russe. Quelque chose pour m'endormir.

J'ai souri, mais mon sourire s'est effacé dès qu'il est sorti de la pièce. Il ne s'endormirait probablement pas avant plusieurs heures. Il aimait les livres de Tolstoï, de Dostoïevski… Plus ceux-ci étaient épais et déprimants, plus il les appréciait. Qui sait, peut-être que ça l'aidait, de comparer leurs tragédies…

Je me suis tournée et retournée sur le futon dur. J'ai essayé de faire le vide dans ma tête et de m'endormir, mais c'est comme si quelqu'un appuyait continuellement sur la touche rembobinage. Je n'avais pas dit plus de deux mots à Angela, mais je la revoyais distinctement se tenant dans la cuisine derrière Cal. Tous les deux, ils étaient l'avenir. L'avenir de ma mère. J'ai remonté les vieilles couvertures jusqu'à mon menton, j'ai fermé les yeux et j'ai attendu que le sommeil vienne.

Chapitre 4

Mara était calme et paisible. Le reflet des pins ombrait les berges. On aurait dit qu'il y avait un autre monde sous la surface étale du lac. J'ai baigné mes pieds dans l'eau en regardant les ondulations effacer ce monde illusoire. Je suis restée immobile jusqu'à ce qu'elles meurent et que mes pieds disparaissent dans la forêt sous-marine. J'ai tendu l'oreille, espérant entendre le couple de huarts ayant élu domicile ici, mais ils étaient silencieux.

Je viens au lac depuis que j'ai six mois. C'est un endroit familier. J'en connais chaque recoin et, contrairement à moi, il ne change pas. Bien sûr, aujourd'hui, il y a plus de chalets qu'avant et moins d'arbres — on les a coupés pour dégager la vue, ce qui me rend furieuse à chaque fois —, mais le lac, lui, est toujours le même. Je trouve cela réconfortant.

— Hé !

Mon père m'a appelée de l'autre bout du quai.

Je lui ai répondu :

— Eh, oh !

— Vas-tu me laisser décharger nos affaires tout seul ou bien envisages-tu de m'aider ?

J'ai répliqué :

— Je pensais que tu pouvais t'en occuper.

Avec son vieux chapeau de pêche fétiche et sa veste vert forêt couverte de leurres, de mouches et d'hameçons, on aurait dit qu'il sortait tout droit des pages d'un magazine de pêche.

— Pas question !

Ses mots ont claqué dans l'air immobile.

Je me suis levée avec réticence et je l'ai aidé à tout charger dans le bateau. Puis, nous avons pris nos places respectives et poussé l'embarcation loin du quai. Là où s'asseyait ma mère, il y avait à présent la glacière contenant les boissons et les collations.

Une fois arrivés à notre emplacement préféré, nous avons fixé des appâts aux hameçons et lancé les lignes à l'eau.

Je me suis appuyée contre un gilet de sauvetage et j'ai étiré mes jambes. J'ai senti le soleil percer la fraîcheur du matin.

— La vaisselle au bout de vingt, a dit mon père.

J'ai répliqué :

— La vaisselle au bout de... trente-cinq.

— Tu m'as l'air bien pessimiste aujourd'hui.

— Dis plutôt réaliste.

Si nous prenions notre premier poisson au bout de vingt minutes, ce serait à moi de laver la vaisselle. S'il fallait attendre trente-cinq minutes, c'est lui qui la ferait. C'est un pari que nous faisions depuis que je savais lire l'heure.

Soudain, une pensée m'a traversé l'esprit.

— Que se passerait-il si les gens n'apprenaient jamais à lire l'heure ? Comment s'y prendraient-ils pour mesurer le temps ?

— Comment s'y prendraient-ils pour quoi ? Pour lire l'heure ?

Il a relevé son chapeau pour que je puisse voir ses yeux bleus.

— Non. *(J'ai secoué la tête.)* Quand penses-tu qu'ils réaliseraient qu'un jour tout allait s'arrêter ?

Il a soupiré.

— Il est trop tôt pour réfléchir à ce genre de question. Je n'ai pas encore bu ma première tasse de café.

Les adultes et leur café ! Honnêtement, on dirait que leur cerveau est au point mort tant qu'ils n'ont pas eu leur première dose.

— Désolée. J'avais oublié que tu étais accro.

Il a dévissé le couvercle de son thermos et versé le liquide fumant dans sa tasse ébréchée, celle avec une anse en forme de queue de saumon.

— Je me souviendrai de ça à seize heures, quand ce sera le moment de ton lait au chocolat, a-t-il répondu du tac au tac.

Oups ! Un point pour l'adulte. J'ai haussé les épaules et digéré ma défaite.

Il avait raison. Seize heures, c'est le moment de mon lait au chocolat, quoi qu'il arrive. C'est un autre de mes rituels. Nous en avons beaucoup, mon père et moi. C'est un truc que ma mère a toujours détesté ou, du moins, qu'elle n'a jamais compris.

— Partons en randonnée pour la journée, suggérait-elle.

— En randonnée ?

Nous lui répondions que nous venions au lac pour pêcher.

— Allons manger chinois ce soir, proposait-elle.

— Chinois ?

Nous faisions toujours cuire des truites le premier soir ou bien des hot-dogs si les poissons n'avaient pas coopéré. Elle avait fini par abandonner toute tentative de changer notre routine. En fait, elle avait capitulé pour de bon.

Je me souviens de la fois où ils m'avaient assise avec une coupe glacée au *fudge* chaud pour avoir une « discussion sérieuse ». Ma mère avait parlé presque tout le temps, comme d'habitude. Elle avait commencé par une de ses fameuses métaphores. Le mariage était comme un chemin sur lequel deux personnes marchaient ensemble. Parfois, elles arrivaient à une bifurcation et il leur fallait choisir une direction ; elles ne prenaient pas nécessairement la même. Je crois qu'elle avait aussi parlé de forêts, de sous-bois et de sentiers qui ramenaient au chemin principal mais, à ce point-là, ses mots remplissaient l'air comme un brouillard brunâtre, et tout ce que j'entendais, c'était le bruit de ma cuillère raclant le fond de la coupe en plastique.

— Dis-lui la vérité, Elli, avait lâché mon père.

Il avait l'air frustré et en colère.

Ma mère lui avait lancé un regard appuyé et dur. J'avais eu l'impression qu'ils échangeaient plus de vérités que tout ce qui avait été dit jusque-là. Elle avait secoué légèrement la tête ; sa bouche pincée formait une ligne droite.

Mon père avait seulement soupiré.

— Ce n'est qu'une séparation, ma puce, avait fini par dire ma mère. Il nous faut du temps pour réfléchir.

Je me souviens d'avoir regardé les coupes glacées auxquelles ils n'avaient pas touché. La crème glacée avait fondu sous l'épaisse couche de chocolat et s'était transformée en une bouillie informe et visqueuse, comme cette vérité qui était là, devant moi. Leur mariage aussi avait fondu. Ce qui avait été solide, authentique et unique était maintenant une masse détrempée, recouverte d'une douceur gluante, gélatineuse et vide.

Je n'ai jamais pensé que j'étais responsable de leur rupture. Celle-ci n'avait rien à voir avec moi parce que, s'ils avaient pensé à moi, ils seraient toujours ensemble.

Quand leur séparation s'était transformée en procédure de divorce, ma mère avait proposé d'être l'assistante de l'entraîneur de mon équipe de softball. Notre équipe n'était pas fameuse, et ma mère trouvait qu'il y avait «trop d'énergie négative». Je lui avais quand même fait promettre de ne pas utiliser cette phrase sur le terrain. Les autres filles l'aimaient bien, parce qu'elle retenait tout de suite leur nom et qu'elle les complimentait sur leurs cheveux. Et puis, toutes les deux semaines environ, elle apportait une grosse boîte de *popsicles* pour l'entraînement. Il faut dire que ma mère fait vraiment une fixation sur les trucs glacés.

Au tournoi final, nous avions perdu quatre parties coup sur coup, chacune plus désastreuse que la précédente. À la dernière, nous avions capitulé à la cinquième manche. Nous avions toutes le moral à zéro, surtout moi, parce que j'étais pratiquement tout le temps lanceuse. Ma mère avait fait son numéro de meneuse de claque, envoyant des mots d'encouragement dans tous les sens, mais ça n'avait pas aidé.

C'était la journée la plus chaude du siècle et nous nous étions toutes affalées sur le banc des joueurs, buvant à grand bruit l'eau de nos gourdes. Ma mère avait décidé de parler à l'équipe et j'avais su tout de suite que ça allait être un désastre. Elle avait commencé par dire que la vie nous lançait des défis auxquels nous ne nous attendions pas et que l'important, ce n'était pas d'avoir gagné ou perdu, mais d'avoir joué. C'est exactement ce qu'elle avait dit. Les filles avaient grogné.

— C'est vrai, avait-elle continué, imperturbable. Je ne veux pas que vous laissiez cette expérience définir qui vous êtes. Cela devrait plutôt vous stimuler. Ne vous identifiez pas à cet échec.

En fait, personne ne pensait vraiment qu'on était des ratées. Les autres équipes étaient simplement meilleures et nous n'avions pas été à la hauteur. Mais je savais que ma mère ne parlait pas de softball et qu'elle ne s'adressait pas à l'équipe.

« Ne laisse pas le divorce définir qui tu es », voilà ce qu'elle disait en réalité. J'aurais voulu lui crier de ne pas mêler notre vie à ça. Mais ce que je détestais le plus, c'était le calme qu'elle affichait.

Sur le bateau, vingt minutes se sont écoulées, puis trente-cinq autres sans qu'il se passe quoi que ce soit. Au bout de soixante minutes, le poisson a commencé à mordre. À midi, nous avons atteint notre quota et nous sommes revenus vers la berge.

— Je nettoie les prises si tu les fais cuire, a dit mon père.

— Ça marche.

Nettoyer les poissons morts me rend toujours triste. La réalité n'est pas nécessairement agréable.

J'ai sauté sur le quai et attaché le bateau. Après avoir aidé mon père à tout rentrer dans notre petit chalet gris, enfoui au milieu des pins, je lui ai annoncé que j'allais retrouver Sam.

— Pas de problème. Ne fais pas de bruit en rentrant. Je vais dormir un peu.

Je lui ai fait un signe de la main et je suis partie en direction de la crique. De l'autre côté des rapides se trouve le terrain de camping Little Sparrow où la famille de Sam a un chalet.

J'ai traversé le ruisseau en empruntant le pont en rondins — le pont aux chèvres, comme l'appelle Sam —, et j'ai jeté un coup d'œil à l'endroit où nous avons l'habitude de nager, espérant y voir les têtes blondes que je connais bien. Ils sont tous blonds dans la famille de Sam, même Whisky, le chien. C'est celui-ci qui m'a vue le premier ; il s'est mis à aboyer, tout excité, et à courir sur le sable.

— Hé, viens ici, mon chien !

J'ai enfoui mon visage dans son pelage épais et doux, et je lui ai gratté les flancs. Il a gigoté dans tous les sens.

Whisky, quel nom débile pour un chien ! Mais c'est mieux que «bière blonde», comme voulait l'appeler Amber, la mère de Sam.

— C'est Jes ! a crié une voix stridente depuis la plage.

J'ai levé les yeux et j'ai vu Danny courir dans ma direction. Il était couvert de sable de la tête aux pieds.

Il s'est jeté sur moi. J'ai aperçu ses yeux bleus rieurs à travers sa frange de cheveux blond sale. Il était trop mignon. Je l'ai serré dans mes bras.

— Comment t'es-tu fait ce bleu, Danny ?

— Oh, ça !

Il m'a lâchée aussi soudainement qu'il m'avait agrippée et a relevé sa manche pour me montrer fièrement son bras.

— Regarde.

J'ai vu un bleu qui était de la taille d'une pomme de terre et qui virait au violet et au jaune.

— Que s'est-il passé ?

Je me suis assise sur le sable.

— Eh bien, voilà !

Il s'est laissé tomber à côté de moi, si près que j'ai senti sa sueur de petit garçon, une odeur de petits pois fraîchement écossés.

— Je construisais un fort dans la crique avec Henri. Il a ramassé cette grosse pierre. *(Danny a tendu les bras pour me montrer une pierre qui aurait pu fermer l'ouverture d'une grotte.)*

J'ai acquiescé :

— Ouh là ! Henri est vraiment fort.

Danny a hoché la tête d'un air sérieux.

— Mais pas assez pour l'empêcher de tomber. Je l'aidais, alors elle n'aurait pas dû dégringoler, mais c'est arrivé. Sur mon bras.

— Ça a dû te faire mal.

— Très.

— Comment va « la pierre » ?

— Georges ? Ça va.

Chez les Schmidt, la plupart des objets inanimés, y compris les fleurs et les arbustes, ont un nom. La voiture s'appelle Vicky Volvo, et la maison, Homère. Toute chose a pour eux le statut d'être vivant et j'admire cela bien plus que je ne veux l'admettre.

— Hé, Fifi Brindacier, comment vas-tu ?

Geoff, le père de Sam, s'est avancé tranquillement vers moi.

C'est un homme grand et longiligne comme les herbes folles qui poussent partout sur son terrain.

— Tu ne l'as peut-être pas remarqué, mais j'ai coupé mes tresses l'an dernier, ai-je dit en touchant mes cheveux courts.

— Je sais. Ç'a été le jour le plus triste de ma vie.

Il m'a souri.

— Si c'est vrai, ta vie n'est pas bien compliquée, lui ai-je répondu.

— Je ne me plains pas. Ton père est-il au chalet ?

— Ouais. Mais je crois qu'il fait la sieste.

— Une sieste ! Il est bien trop jeune pour dormir en plein jour.

Il y a eu un silence embarrassé, parce que nous savions tous les deux qu'il avait commencé à faire la sieste à partir de son divorce ou, selon le terme de Sam, de la Grande Séparation.

Il a ajouté :

— Je crois que je vais aller faire un tour là-bas tout à l'heure.

J'ai hoché la tête, soudainement remplie de gratitude. À la maison, maman a la garde des Schmidt comme voisins mais, au lac, c'est papa qui a les droits de visite.

— Tu m'aides avec mon château, Jes ?

— D'ac, Danny Boy.

Il a couru vers le chef-d'œuvre en train de se désinté-grer sous le chaud soleil d'été. Au moment où je me suis levée pour le rejoindre, Geoff a mis sa grosse main sur mon épaule.

— Tout va bien, Fifi ?

Subitement, sans prévenir, les larmes me sont mon-tées aux yeux. J'ai serré les paupières très fort pour qu'elles disparaissent.

— Je vais bien. Je ferais mieux d'aller aider Danny avant que tout s'écroule.

J'avais les bras enfoncés dans l'argile et le sable quand Sam est arrivé tranquillement au bord de l'eau.

— N'abîme pas le château, Sam, l'a averti Danny.

Sam a levé un pied et l'a laissé en suspens au-dessus des tourelles que j'avais eu tant de mal à faire tenir.

— Un petit pas pour l'homme…

Je l'ai prévenu :

— Un petit pas et tu es un homme mort.

— Sammy ! a hurlé Danny.

— Relaxe, crevette.

Sam a reposé son grand pied de yéti sur le sol, où il risquait moins de faire de dégâts. Il s'est laissé tomber sur le sable et s'est allongé sur le dos en protégeant ses yeux du soleil.

Je lui ai dit :

— Tu t'es levé tôt aujourd'hui ; le soleil n'est même pas couché.

Il n'a pas relevé ma remarque ironique.

— Vous avez pris du poisson ?

— Un bateau plein.

— À quelle heure veux-tu que j'arrive pour le souper ?

— Je peux venir, moi aussi ? Je peux, Jes ? S'il te plaît ! m'a suppliée Danny en sautillant.

— Oublie ça, crevette. Personne ne t'a invité.

— Toi non plus, a riposté Danny.

— Je n'ai pas besoin d'être invité, moi. Je suis spécial. Pas vrai, Jes ?

Un sourire en coin est apparu sous la grande main couvrant le haut de son visage.

Tout en renforçant les parois de la tranchée avec de l'argile pour empêcher l'eau de couler, j'ai répondu :

— Ouais, ouais. Tu es spécial.

C'est une des caractéristiques de Sam — une confiance en lui inébranlable. Elle irradie de lui comme s'il y avait eu un déversement de produits chimiques.

— Je ne peux jamais rien faire, a grommelé Danny.

Soudain, j'ai pris une décision et j'ai lancé :

— Vous êtes tous invités.

Après tout, c'est moi qui allais faire la cuisine. Et puis, papa avait besoin de voir du monde. Je ne voulais pas l'admettre, mais ce serait un soulagement pour moi de ne pas passer la soirée à répondre à ses questions sur ma mère. Si les Schmidt étaient là, il ne prononcerait même pas son nom.

Sam a bondi sur ses pieds dans un sursaut d'énergie.

— Sortons le *S.S. Minnow*.

— Je peux faire un tour de bateau, moi aussi ? a demandé Danny.

Sam a secoué la tête.

— Tu vas rater le résultat du concours de châteaux de sable. Tu ne veux quand même pas risquer de perdre le cornet de crème glacée du gagnant, n'est-ce pas, Danny ?

Son visage enfantin s'est allongé. Il s'est mordu la lèvre inférieure.

— Nooon. Jes, n'y va pas. Tu en auras aussi un si tu restes.

Mais Sam m'avait déjà relevée.

— Nous serons de retour dans une heure. Dis-le à maman, d'accord ?

Danny a hoché la tête, résigné.

Par-dessus mon épaule, j'ai lancé :

— Tu vas remporter le premier prix, Danny. Je le sais.

Nous avons poussé le bateau dans l'eau. Sa coque orange vif a raclé les cailloux. Je suis montée à l'avant ; Sam, lui, s'est installé à l'arrière.

Au début, nous sommes restés silencieux. Je crois que nous étions émerveillés par le calme qui émanait du lac. Nous avions l'impression que rien ne changerait jamais, que le temps s'était arrêté. J'ai posé la pagaie en travers du bateau et j'ai regardé les minuscules poissons gober les insectes à la surface de l'eau.

Le canot a dévié de sa course pendant une seconde, jusqu'à ce que Sam modifie son coup de pagaie pour compenser mon manque d'ardeur. Nous avons continué à filer à la surface de ce monde sous-marin sur laquelle la cime des arbres se reflétait depuis l'autre berge.

Puis, le canot a ralenti, et j'ai entendu Sam fouiller dans ses affaires pour trouver son appareil photo. Les vagues nous berçaient doucement. J'ai jeté un coup d'œil par-dessus mon épaule en entendant Sam prendre un cliché de quelque chose que lui seul pouvait voir.

— Tu dois avoir un million de photos de cette berge.

Il ne m'a pas répondu. Il était perdu quelque part entre l'objectif et ce qu'il voyait. Je me suis tournée un peu plus dans sa direction, j'ai entendu un autre clic et j'ai vu que l'objectif était pointé vers moi.

— Sans parler du million d'exemplaires de la même photo de moi.

— Tu n'es jamais la même. Il se passe toujours quelque chose.

— Comment sais-tu que ce sera une bonne photo ?

Je me suis tortillée sur mon siège en m'efforçant de lui faire face.

— En fait, je ne le sais jamais vraiment avant de la développer.

— N'est-ce pas frustrant ?

— Pas vraiment. Je veux dire que, en général, je sens quand j'ai pris une bonne photo.

— Peux-tu te contenter de te fier à un sentiment ?

Il a abaissé son appareil et l'a laissé pendre sur sa poitrine. Puis, il a passé sa main dans ses cheveux en broussaille.

— Que peut-il y avoir d'autre ?

La question a plané entre nous alors qu'une mouette voltigeait près du bateau en quête d'une croûte de pain.

— Quelque chose de plus que ça. Les sentiments changent.

Sam a eu l'air vaguement *contrarié* — le mot de Dell du mois dernier.

— Bien sûr qu'ils changent et qu'ils vous emmènent ailleurs. Ce n'est pas un problème. Quand je regarde des photos que j'ai prises il y a quelques années, il m'arrive de voir quelque chose de neuf. Les images acquièrent un sens différent. Une bonne photo suscite toujours de nouvelles questions, fait naître des sentiments nouveaux. Tu veux tellement être sûre de tout, Jes ! Tu veux trop tout savoir.

— Quel mal y a-t-il à ça ?

— Ce n'est pas exactement que c'est mal. C'est... je ne sais pas.

— Aha ! ai-je dit d'un air triomphant, contente d'avoir réussi à le troubler.

Il a souri et repris son appareil. Il a visé. J'ai glapi, et son sourire s'est élargi. Le métal argenté de ses broches a scintillé. Puis, il a abaissé son appareil pour que je puisse voir ses yeux.

— Où est le mystère si tu sais tout ? Où est le plaisir ? Et puis, la connaissance évolue. Les gens découvrent sans cesse de nouveaux trucs. Ils prétendent que ces choses n'existaient pas avant, alors qu'en fait elles sont là depuis toujours. Les photos montrent la vérité, elles n'essaient pas de la dire.

Sam a pris d'autres clichés et s'est mis à parler de plus en plus vite.

— Mettre des mots sur une chose la transforme. Quand on explique trop, on passe à côté de l'essentiel. Une photo saisit tout : la beauté, la laideur. Tout est dans l'instant. Un instant capté pour l'éternité.

Il s'est arrêté, à bout de souffle.

J'ai pivoté et ramené la pagaie sur le côté du canot en m'exclamant :

— Mais moi, je veux savoir comment les choses vont tourner !

— Argh ! a été le mot de la fin.

J'ai recommencé à pagayer et, peu de temps après, nous sommes arrivés de l'autre côté du lac. La berge était rocailleuse, et l'eau, claire. Au-dessus de nous se dressait un vieux pin duquel pendait une corde de Tarzan tout effilochée. Un nombre incalculable de gamins y avaient fait de gros nœuds à mi-hauteur et s'y étaient accrochés avant de se laisser tomber dans l'eau. Sam est le roi incontesté des sauteurs. Moi, je n'ai jamais sauté, la corde me faisant penser au nœud coulant d'un pendu.

— Tu essaies aujourd'hui ? a-t-il demandé, comme d'habitude.

Comme toutes les fois, j'ai répondu :

— Pas aujourd'hui.

Il est sorti du canot et a fouillé à l'intérieur pour prendre l'étui de son appareil photo. Il a marché jusqu'à la berge en tenant celui-ci au-dessus de sa tête. Je l'ai regardé monter prudemment mais rapidement le sentier abrupt, en s'agrippant aux roches pointues et saillantes. En haut, il a attrapé la corde et l'a tirée le plus possible vers l'arrière. J'ai vu les muscles de ses bras bronzés se contracter, puis se tendre. Il a pris son élan, son corps s'est soulevé et, soudain, il s'est envolé. J'aurais tout donné pour pouvoir faire comme lui. J'ai ressenti la poussée jusque dans ma colonne vertébrale.

— Maintenant ! ai-je crié.

Il a lâché la corde et sauté, brisant la surface lisse de l'eau et éclaboussant tout ce qui se trouvait autour de lui. J'avais cessé de respirer. J'ai recommencé quand j'ai vu sa tête surgir à côté de moi comme un phoque blond.

J'ai tout de suite su ce qui allait se passer et je me suis préparée à affronter l'eau froide. Ses mains se sont accrochées au canot et l'ont fait chavirer. Je me suis sentie quitter cet espace familier et sûr, entrer dans l'eau et m'y enfoncer.

— Tu es tellement prévisible ! ai-je dit tout en crachant et en nageant pour regagner la berge.

Il a tiré le canot renversé vers une partie moins profonde du lac et, d'une poussée, l'a remis à l'endroit.

— Et toi donc !

Chapitre 5

Pourquoi n'avais-je pas parlé d'Angela à Sam? D'habitude, je lui disais tout, parfois même avant d'avoir complètement formulé mes pensées.

J'espérais peut-être qu'elle disparaîtrait si je ne prononçais pas son nom. Qu'elle ne serait plus là quand je rentrerais. Ce serait comme quand j'étais petite et que je faisais un cauchemar. Lorsque cela se produisait, ma mère venait, vêtue de son peignoir en éponge bleu, et me prenait la main. Elle me disait :

— Pense à des choses qui te rendent heureuse, Jes. Rien qu'à ça.

Et j'essayais. J'essayais très fort de repousser les monstres dans l'ombre. Mais cette fille, Angela, n'était pas le fruit de mon imagination.

— Je coupe les citrons en tranches ou en quartiers? a lancé mon père.

J'ai sursauté. Il a posé doucement sa main sur mon dos.

— Désolée, cocotte. Je ne voulais pas te faire peur.

— Ça va. Penses-tu que nous aurons assez de poisson pour tout le monde ? Nous devrions peut-être faire des hot-dogs pour les petits.

Soudain, je me suis sentie nerveuse et j'ai eu des doutes à propos du repas.

— Bonne idée, m'a-t-il répondu.

— J'aurais peut-être dû te demander avant de les inviter. Sam a fait comme d'habitude, et ça a pris de l'ampleur.

— Bah, c'est très bien ! Cela fait longtemps que je n'ai pas vu toute la troupe.

Longtemps... Nos deux familles avaient l'habitude de faire beaucoup d'activités ensemble, mais cela avait changé après le divorce.

Ma mère et Amber sont demeurées très proches — comme des sœurs. Mon ventre me fait toujours mal quand j'entends ce mot. Ça fait une éternité qu'Alberta nous a quittés, pourtant... « Pense à des choses qui te rendent heureuse, Jes, rien qu'à ça », me suis-je dit. J'ai secoué la tête pour me libérer de mes souvenirs.

— Des câpres, papa. Ce soir, j'insiste, je veux des câpres.

J'ai fait preuve d'autorité, et mon père a grimacé comme un petit garçon qu'on oblige à manger son brocoli.

— Et du ketchup, a-t-il dit.

J'ai tourné autour de lui en tenant un couteau à pain et j'ai vu qu'il avait un air taquin. Il a levé les mains au-dessus de la tête pour indiquer qu'il se rendait.

— Je me demande un truc, a-t-il lancé. Depuis quand la cuisine te passionne-t-elle autant ?

Je suis revenue à la baguette.

— J'essaie juste de m'élever au-dessus de ma condition de personne ordinaire, papa.

Il s'est mis à rire très fort. Ça m'a d'abord surprise, et j'ai ressenti une grande joie. Puis, tout aussi rapidement, les larmes me sont montées aux yeux ; ça faisait long-temps qu'il n'avait pas ri comme ça.

Mon père n'a semblé s'apercevoir de rien. Il a conti-nué à rire.

— Ta condition de personne ordinaire… C'est très bon, ça, Jes. Tu es sûre que tu ne lis pas mes vieux livres poussiéreux ?

J'ai mis du pain dans un panier que j'avais garni d'une serviette en papier à fleurs. Ce n'était pas du lin, mais je n'attendais pas non plus Martha Stewart, seulement les Schmidt.

Après avoir placé sur la table en pin éraflée la vaisselle dépareillée que nous gardons au chalet, je suis sortie et j'ai cueilli des fleurs sauvages. Je les ai mises dans une vieille bouteille de lait, que j'ai posée au milieu de la table, et je me suis reculée pour admirer l'effet.

Mon père m'a souri.

— C'est très bien, cocotte. Tu grandis, on dirait…

Son regard s'est perdu dans un lieu où je ne pouvais pas le suivre. J'ai mis mes bras autour de sa taille. Je me suis rendu compte qu'il avait maigri. Je l'ai serré très fort pour le garder près de moi.

— Non, non, ai-je affirmé avec conviction. Je suis la même.

Il m'a caressé les cheveux, et nous sommes restés sans bouger jusqu'à ce qu'un grand coup soit frappé à la porte.

Le silence a fait place au rugissement d'un raz-de-marée quand les Schmidt sont entrés dans la pièce. Amber s'est exclamée « oh » et « ah » en voyant la table dressée, et elle a fait remarquer à mon père que j'étais devenue une vraie petite ménagère. Sa voix était trop joyeuse, forcée. Geoff a essayé d'éloigner les garçons de tout ce qui était fragile.

— Maintenant, si nous faisions quelque chose à propos de cette salopette trop grande ? a dit Amber en s'avançant vers moi et en tirant sur l'une des bretelles comme si c'était une corde de banjo.

— Tu es tellement bien faite ! Je ne sais pas pourquoi tu te caches, a-t-elle ajouté.

J'ai senti le rouge me monter au visage et j'ai saisi le bouquet de fleurs qu'elle avait apporté. J'ai essayé de trouver un contenant capable de faire office de vase. Mon corps… Encore des changements. Ne peut-on pas faire un seul choix, tout simple, dans sa vie ? Cette pensée m'a rendue furieuse. Si Dame Nature ou qui que ce soit de responsable avait eu l'obligeance de me demander si ça m'intéressait d'avoir un nouveau corps, j'aurais dit : «Non merci, je n'y tiens pas. Avoir plus d'énergie, de courage, grandir davantage pour atteindre la cime des arbres et regarder au-delà, ça, oui, je le veux bien. Mais des seins, des hanches ? Pas vraiment.»

J'ai pris une bouteille d'huile d'olive vide que j'ai remplie d'eau. J'ai balancé sans ménagement les fleurs dedans.

— Parfait, Jes. Tu as vraiment le tour. Dis-moi où mettre ce gâteau, a dit Amber.

— Euh, là-bas. Il a l'air délicieux. Merci. Je n'ai même pas pensé à préparer un dessert.

— Tu as oublié le dessert ? Je vais faire comme si je n'avais rien entendu. Ça fait partie des groupes d'aliments essentiels.

Elle m'a tendu l'assiette avec le gâteau en ajoutant :

— Dis-moi, que puis-je faire ?

Je lui ai demandé de trancher les carottes.

— Geoff, veux-tu m'aider à accomplir la tâche virile qui consiste à faire griller le poisson sur le barbecue ?

C'est mon père qui venait de parler.

Geoff l'a suivi dehors.

Je l'ai averti :

— N'oublie pas les câpres !

Sam et les garçons se sont, eux aussi, dirigés vers l'extérieur, mais pas avant d'avoir pris chacun une poignée de morceaux de pain. Amber a tapé sur les doigts de Sam, le seul qu'elle a réussi à coincer.

Il a protesté :

— Mais maman, je suis en pleine croissance !

— Ouais, ouais.

— Tiens, lui ai-je dit. Donne ça à ton père.

Je lui ai lancé un paquet de saucisses. Il l'a attrapé comme s'il s'agissait d'un ballon de foot, l'a mis sous son bras et a filé par la porte comme s'il allait marquer un essai.

— Ce qu'ils peuvent être bruyants ! a soupiré Amber en se versant un petit verre de vin. Veux-tu une boisson gazeuse, Jes ? J'en ai mis dans le frigo.

— J'en prendrai une plus tard.

Il y a eu un long silence pendant qu'Amber sirotait son vin en coupant les carottes en morceaux. J'ai essayé de trouver quelque chose à dire, mais c'était difficile de ne pas penser à ma mère. Je la revoyais buvant lentement son vin, parlant à voix basse à Amber sur le ton de la confidence.

— Alors, qu'as-tu pensé d'Angela ? a demandé Amber d'une voix douce.

J'ai arrêté de couper le persil.

J'ai lâché :

— Tu es au courant ?

Pendant quelques instants, le couteau d'Amber est resté suspendu en l'air, puis elle a recommencé à trancher les carottes, le regard fixé sur la planche à découper.

— J'aurais mieux fait de me taire. Désolée, Jes. Ta mère avait besoin d'en parler à quelqu'un…

Sa voix a faibli.

J'ai menti et répondu :

— Ça ne fait rien. Je sais que maman et toi, vous vous dites tout. J'aurais dû m'y attendre.

À chacune de mes syllabes correspondait un coup de couteau.

Amber a soupiré et s'est versé un peu plus de vin. Les adultes et leurs liquides… Ils ont besoin de café pour les aider à démarrer la journée, et de vin pour décompresser le soir…

— Tu sais, Jes, une fois, lorsque j'avais à peu près ton âge, je me suis retrouvée avec ma mère dans notre cuisine, et elle m'a dit quelque chose d'étrange. Je suis l'aînée de six enfants, te l'avais-je déjà mentionné ?

Elle m'a regardée sans vraiment me voir.

— Je crois que je lui avais demandé ce qu'il y avait pour le dîner. Elle s'est tournée vers moi, l'air vraiment fatiguée — je revois encore son expression —, et elle m'a répondu : « Les enfants doivent-ils vraiment manger tous les jours ? »

Je n'ai pas su quoi ajouter.

Amber a poursuivi :

— J'ai pensé que c'était une chose étonnante à dire. C'est la seule chose étonnante que je l'ai entendue exprimer.

Elle a secoué la tête et a continué à couper les carottes.

— Le repas était excellent, Jes, a dit Geoff en repoussant sa chaise. Vraiment bon. Allons nous baigner avant que le soleil se couche.

— Je laverai la vaisselle, a offert Amber.

— Je peux m'en occuper, a proposé mon père, et il s'est levé en tenant une pile d'assiettes.

— Laisse, Steven. Va nager avec les enfants, a insisté Amber, puis elle a ajouté avec une autorité toute maternelle :

— Mais avant, j'aimerais que tout le monde m'aide à desservir.

Même Danny s'est dépêché de ramasser une assiette ou deux. On savait tout de suite qui avait le dernier mot dans la famille Schmidt.

— Super-bouffe, a dit Sam en se dirigeant vers la porte. Parions-nous sur qui arrivera le premier au quai ?

J'ai répondu :

— Tu as un léger avantage.

— Tu veux parler de ma superbe forme physique ?

— Je veux dire que toi, tu as un maillot de bain, pas moi.

— Oh !

Amber a poussé tout le monde vers la porte en faisant de grands mouvements de bras.

— Allez, filez tous.

Danny a couru et m'a donné une rapide accolade.

— Merci, Jes. Le hot-dog était super-bon.

J'ai souri, je lui ai rendu son accolade et j'ai marché avec lui jusqu'à la galerie.

Sam est entré le premier dans l'eau en faisant un plongeon plutôt raté. Henri l'a suivi peu après. Geoff a fait un plat-ventre comme d'habitude, alors que mon père a plongé en décrivant un arc parfait. Danny est arrivé en dernier. Il a enlevé son t-shirt tout en dévalant la pente jusqu'au quai et en rugissant de dépit d'être le dernier. Puis, il est entré dans le lac comme un boulet de canon, en faisant jaillir des gerbes d'eau qui ont atteint le soleil écarlate.

Il avait six ans. Mon cœur s'est serré — ma sœur, elle, n'avait pas eu la chance d'atteindre cet âge.

On n'est jamais préparé à ce que sa vie soit boule-versée. Ce n'est pas comme dans les films, quand les gens se mettent soudainement à bouger au ralenti ou quand la musique passe au mode mineur. Ce jour-là, nous n'avions rien vu de ce qui s'était passé dans le parc résonnant du tintamarre d'enfants se cha-maillant : la toute petite personne disparaissant en un clin d'œil dans la lumière du soleil, la voix terrifiée criant son nom, le son de pneus crissant violemment, le moment qui allait changer notre vie pour tou-jours...

Nous étions sortis pour l'après-midi. C'était le lende-main de mon huitième anniversaire, et nous allions dépenser l'argent que j'avais reçu en cadeau. Nous avions laissé ma sœur, Alberta, avec une gardienne. Ma

mère avait dit : « Ce sera juste nous trois, comme avant. »
Je crois qu'elle voulait que je me sente spéciale.

Nous étions allés déjeuner avant de nous rendre à un
magasin de jouets. Nous y étions restés longtemps, parce
qu'il y avait tellement de choses à voir qu'il m'était difficile de faire un choix. Mon père s'était montré patient
et m'avait laissée grimper sur son dos même s'il n'arrêtait pas de dire que j'étais trop lourde. Au bout d'un
moment, ma mère avait commencé à regarder sa montre,
et j'avais compris qu'il fallait que je choisisse. Mais c'était
dur de trancher entre le rhinocéros en peluche et le
panda, et je n'arrêtais pas de changer d'avis. Le sourire
de ma mère était de plus en plus forcé, et elle attendait
au bout de l'allée que je me décide. Mon père avait fini
par dire : « Alors, mademoiselle, on prend quoi ? »

Je lui avais demandé de cacher les peluches derrière
son dos et j'avais fait mon choix. Le rhinocéros avait
gagné. Mais, à la caisse, j'avais changé d'avis. Ma mère
ne souriait plus, et elle avait gémi quand j'avais déclaré
que je voulais le panda à la place. Je lui avais alors dit
que ça ne faisait rien, que ça n'avait pas d'importance,
mais c'était trop tard : mon père était déjà parti en courant pour faire l'échange.

Quand nous étions arrivés un peu plus tard à la maison, la police nous attendait pour nous conduire à
l'hôpital. Ma mère et mon père s'étaient rendus au chevet d'Alberta chacun à leur tour, mais il était trop tard :
elle était partie. Ils ne m'avaient même pas laissée la voir.

Et, pendant que j'attendais dehors, je m'étais dit que, si je m'étais décidée plus vite au magasin, rien de cela ne serait arrivé. Je ne pouvais pas admettre qu'un mauvais choix de ma part ait pu avoir une telle conséquence. Je crois avoir dit à mon père que j'aurais dû opter pour l'autre peluche. Je me souviens seulement qu'il m'avait serrée très fort et qu'il m'avait répondu que ce n'était pas ma faute, que je ne devais jamais penser cela. Ce n'était la faute de personne.

Ce jour-là, assise à l'hôpital, j'ai compris qu'on ne pouvait être sûr de rien dans la vie. Que celle-ci était fragile. Si fragile qu'elle pouvait s'arrêter à tout moment.

Quand les bébés meurent — Alberta n'avait même pas deux ans —, ils laissent une empreinte parfaite derrière eux, semblable à celle que l'on obtient parfois lorsqu'un flocon de neige se pose sur une fenêtre. Quand il fond, son contour reste visible sur le verre, comme s'il était gravé dedans. L'empreinte d'Alberta demeure intacte, et je crois que ce que nous craignons le plus, c'est qu'un jour elle disparaisse pour de bon.

— C'est toujours difficile, n'est-ce pas ?

Amber s'est placée derrière moi et a posé la main sur mon épaule.

La boule dans ma gorge était trop grosse pour laisser passer des mots.

— Ça deviendra plus facile, a-t-elle déclaré.

J'avais entendu toutes les versions possibles de cette affirmation. Aucune n'était vraie.

— Préfères-tu être seule?

J'ai dû hocher la tête, parce que j'ai entendu la porte moustiquaire se refermer. Je ne voulais pas vraiment être seule, mais, malgré toute sa bonne volonté, Amber ne pouvait pas comprendre. Cela a accentué mon sentiment de solitude. Pour que les choses deviennent plus faciles, il faudrait que nous oubliions Alberta, sa façon de gazouiller plutôt que de parler, l'habitude qu'elle avait de montrer du doigt tout ce qu'elle voulait, et l'empressement que nous mettions à lui obéir. Que nous oubliions l'allure martiale qu'elle avait dans sa poussette, debout sur le repose-pieds, l'index de la main droite tendu devant elle. Que nous oubliions que c'est moi qui lui avais appris les premiers et seuls mots qu'elle avait prononcés: «En avant!»

Pour que les choses deviennent plus faciles, il faudrait que nous perdions tout ce qui commençait déjà à s'estomper. Ma mère et moi parlions beaucoup d'Alberta au début. Puis, moins. Et, maintenant que ma mère avait trouvé Cal, tout était en train de changer.

Soudain, je me suis rappelé Angela, debout dans ma cuisine, avec son air innocent et ses cheveux blonds. Elle n'avait rien fait de mal, mais penser à elle m'a fait frissonner.

J'ai murmuré: Boucle d'or.

Quelqu'un d'autre dormait dans mon lit.

Chapitre 6

Nous sommes restés plutôt silencieux, mon père et moi, sur le chemin du retour vers la ville. Pourtant, j'étais sûre qu'Amber lui avait raconté ce qui s'était passé. J'aime beaucoup cette amie de ma mère, mais c'est une incorrigible bavarde. Une ou deux fois, j'ai eu l'impression qu'il allait aborder le sujet, mais il s'est contenté de parler du temps ou de la sécheresse de la forêt cet été.

Mon père n'aime pas évoquer Alberta. C'est comme s'il avait laissé tous ses souvenirs d'elle dans sa chambre en haut et refermé la porte derrière lui. Il a fini par s'en détacher complètement.

Avant l'accident, il enseignait et s'occupait principalement des cinquième et sixième années. C'était le seul enseignant masculin de notre école (mais il n'a jamais été le mien) et le plus populaire après Mme Nichi, qui apportait à l'école des biscuits chinois qu'elle faisait elle-même. J'avais toujours l'impression que c'était par pure coïncidence que les mots qu'ils renfermaient signifiaient quelque chose pour ceux qui les recevaient. Je me souviens qu'une fois j'avais reçu le message suivant : « Celle qui parle beaucoup écoute peu », et ça m'avait vraiment étonnée. Ce n'est qu'après avoir quitté l'école que j'avais compris que ces messages n'avaient rien à voir avec le hasard.

Après l'accident, mon père avait laissé son poste. Au début, ça devait être un congé sans solde d'un an. Mais il n'était jamais retourné à l'école. Il avait commencé à fabriquer des meubles dans le garage. J'avais pris l'habitude d'y aller avec un livre et de le regarder manier la scie ou le marteau. Je me sentais en sécurité. Ma mère venait faire un tour par moments, mais elle finissait toujours par lui demander quand il allait se remettre à enseigner. Elle se mettait en colère chaque fois qu'elle entendait sa réponse et elle avait fini par cesser de venir. Je les entendais trop souvent se disputer à ce sujet. La plupart du temps, elle l'accusait de se cacher, puis le silence s'installait. Je pensais qu'elle lui disait peut-être qu'il lui manquait. Il nous manquait à toutes les deux, et je voulais que les choses redeviennent comme avant.

Je n'avais pas envie de rentrer tout de suite à la maison, alors j'ai demandé à mon père de me déposer chez Dell. Je rentrerais à pied de chez elle. Je l'ai embrassé pour lui dire au revoir et, une fois de plus, j'ai eu l'impression qu'il allait ajouter quelque chose. Mais rien.

J'ai fait un geste de la main et je lui ai dit que je le verrais le week-end suivant.

J'ai sonné chez Dell et j'ai croisé les doigts, espérant qu'elle serait là. Il le fallait. C'est son père, Tim, qui a répondu.

— Salut, Jessica, comment vas-tu ? Dell n'est pas là, mais elle ne devrait pas tarder. Viens.

Il m'a invitée à entrer dans la maison.

— Où est-elle ?

— Elle est avec son bon à rien de copain, a-t-il grommelé.

Le ton sur lequel il a prononcé ces mots m'a fait sourire. Tim n'est pas très grand : il a seulement quelques centimètres de plus que moi, mais il est drôle et déterminé. Nous avons ça en commun.

— Que sais-tu de ce type ? m'a-t-il demandé en se dirigeant vers la cuisine.

Je l'ai suivi en espérant qu'il avait préparé quelque chose à manger. Il fait toujours la cuisine quand il est contrarié, qu'il s'ennuie ou qu'il manque d'inspiration. Écrire, c'est son boulot. Il a pris un peu de poids dernièrement et, d'habitude, cela signifie qu'il ne réussit pas à travailler.

— Pas grand-chose.

— Bien sûr, a-t-il répondu, mais il n'a pas eu l'air convaincu.

Puis, il a ajouté en me tendant des biscuits :

— Tiens, goûte ça ; c'est une nouvelle recette.

J'ai mordu dans l'un d'eux. Il était délicieux.

— Miam ! Super-bon. Qu'est-ce qu'il y a dedans ?

— Du fromage de chèvre.

J'ai failli m'étouffer. J'ai commencé à recracher le biscuit dans ma main. Tim m'a regardée d'un air amusé.

— Je blaguais.

— Très drôle, ai-je dit en avalant.

— Alors, que sais-tu exactement à propos de ce Marshall ?

J'ai soupiré.

— Je n'en suis pas sûre à cent pour cent, mais je crois que la police le recherche pour vol de chevaux.

— Pour vol de chevaux ? Je trouve ça plutôt inhabituel.

J'ai secoué la tête en poursuivant :

— Je sais ! C'est triste. Quel crime étrange !

Tim a souri tout en déposant de la pâte à biscuits sur la tôle. J'ai essayé de ne pas me demander s'il s'était lavé les mains.

J'ai pris un autre biscuit et j'ai continué :

— Apparemment, il est aussi marié.

Cette fois, Tim s'est mis à rire.

— Vraiment ?

— Ouais. Il a une femme à Bonavista et une autre à…

— Laisse-moi trouver : à Vancouver ?

J'ai souri.

— Exactement. Comment as-tu deviné ?

— Un père sait ces choses-là.

Un bruit à tout casser dans le hall a annoncé que Dell était de retour. Personne ne pourrait jamais l'accuser d'être discrète.

— Salut, Jes, ma copine, mon amie, mon âme sœur.

Dell a rempli la pièce de son un mètre soixante-quinze. (D'accord, je suis jalouse, mais je me soigne.)

— Comment ça va ? Ça fait des siècles que je ne t'ai pas vue. J'ai plein de choses à te dire. Viens dans ma chambre, a-t-elle ordonné.

— Hello, et moi ? Qu'as-tu à me dire ? a demandé Tim.

Dell s'est retournée vers lui et a penché la tête de côté.

— Je… Je n'ai rien à te dire.

Elle a haussé les épaules comme pour s'excuser.

— Comment peux-tu avoir tant de choses à raconter à une personne et rien du tout à une autre ?

Tim a secoué sa spatule comme s'il s'agissait d'une baguette de chef d'orchestre.

— Tu n'es pas une fille, p'pa. Je suis désolée de te l'apprendre, mais c'est vrai, même si tu portes un tablier et si tu fais des biscuits.

Elle a eu un petit sourire en coin démoniaque et a pris deux biscuits.

Tim a laissé échapper un grognement de dégoût.

— J'espère que tu ne t'attends pas à recevoir le prix de la féministe de l'année.

— Je laisse ça à ma mère, a-t-elle répliqué par-dessus son épaule tout en me tirant vers elle.

J'ai jeté un regard compatissant à Tim, mais je n'ai opposé aucune résistance à mon amie.

Dell m'a poussée dans sa chambre et a fermé la porte à clé. Pour plus de sécurité, elle l'a même bloquée avec son bureau. Je lui ai demandé pourquoi elle faisait ça.

— Je prends juste mes précautions.

— Contre quoi ? Une invasion ?

— Exactement. Ma mère va bientôt rentrer et elle a déterré la hache de guerre.

— Qu'est-ce que tu as encore fait ?

— Pourquoi supposer que c'est ma faute ? N'es-tu pas censée être ma meilleure amie ? C'est peut-être *sa* faute et celle de sa ménopause si elle pète les plombs.

— Qu'as-tu encore fait, ai-je répété, assise dans le fauteuil poire.

Elle s'est mordu l'intérieur de la joue, une vieille habitude que je trouve dégoûtante et qu'elle a depuis que je la connais.

— Je n'ai pas respecté le couvre-feu. Et alors ? On va me fusiller ?

— Te fusiller ?

J'ai ri. Dell exagère toujours.

Un sourire est apparu sur son visage.

— Si ça t'amuse…

— Alors, tu étais en retard de combien de temps ?

— Une heure, peut-être deux.

— Tu as raison. C'est une maniaque. Il faut l'enfermer !

74

— Elle fait un tas d'histoires sans raison, tu sais. Nous ne faisions rien de mal. Nous parlions, c'est tout.

— Nous, c'est Marshall et toi ?

— Évidemment, puisque toi et moi n'étions pas ensemble hier soir ! Je ne sais pas pourquoi maman n'a pas confiance en moi. Je le lui ai demandé.

J'ai secoué la tête.

— Elle ne te fait pas confiance parce qu'elle n'a absolument aucune raison de le faire.

Dell s'est de nouveau mordu la joue.

— C'est ce qu'elle prétend.

— Elle se méfie de toi.

Elle a soupiré bruyamment.

— C'est exaspérant. Elle devrait compter sur moi. Mais elle a été une ado difficile et elle s'en souvient. Elle a une mémoire d'éléphant. Et qui doit payer pour toutes les années où elle a été détestable ? Moi. Ce n'est pas juste ! Tu sais ce qu'elle m'a dit ? « J'ai fait tout ça avant toi. »

— Elle se méfie vraiment de toi, ai-je répété en souriant.

— J'imagine que oui. Bon, tu veux des détails sur mon rendez-vous avec Marshall ?

— Angela, la fille de Cal, est arrivée l'autre jour.

J'ai lancé ça très vite, sachant que, sinon, elle me parlerait de son petit ami pendant une heure.

— Hein ? Qu'est-ce que tu racontes ? m'a demandé Dell en se redressant. Cal a une fille ?

— Tu le savais.

— Ah oui ? Vraiment ?

J'ai hoché la tête.

— Elle va s'installer chez nous. Dans ma chambre.

J'ai essayé de m'habituer à cette idée tout en ramassant Boots, le vieil ours en peluche de Dell, et en le tordant dans tous les sens.

— Dans ta chambre ? Sans blague ? m'a-t-elle demandé en émettant un sifflement. Ta mère ne se rend pas compte de ce qu'elle fait !

J'ai ressenti un grand soulagement. Y a-t-il rien de mieux que de pouvoir compter sur quelqu'un qui saisit la gravité de la situation très rapidement et sans explications ? Je ne crois pas.

Cependant, même en sachant que Dell me comprenait, je n'arrivais pas à répéter ce que Cal avait dit à propos de ma nouvelle « sœur ». Certaines choses — même celles qu'on a le plus envie de dire, et peut-être justement celles-là — ne peuvent être traduites par des mots. Ceux-ci sont trop pauvres pour les exprimer.

— Ma mère ne pense pas beaucoup ces jours-ci, ai-je ajouté en haussant les épaules. Elle est dans sa bulle !

Dell a hoché la tête tout en sortant sa réserve de chocolats cachée sous son lit. Elle a pris une boîte.

— Chocolat au lait ou semi-amer ? m'a-t-elle demandé.

J'ai secoué la tête.

Elle a choisi une barre avant de ranger la boîte.

— Tu dois être vraiment découragée. Comment est Angela ?

— Je lui ai à peine parlé, mais elle a l'air parfaite.

— Pouah !

Dell a pris une grosse bouchée de chocolat et a ajouté :

— Peut-être que ça va s'arranger. N'aie pas l'air si… si… abattue.

— Excellent terme. C'est exactement comme ça que je me sens. Abattue. Battue… Le mot est bien choisi. Au fait, ton roman, ça avance ?

Dell travaille à un roman de science-fiction depuis qu'elle a neuf ans. Il y est question d'ados assassins qui protègent le monde contre les adultes. Au dernier décompte, il avait plus de trois cents pages.

— Je suis un peu bloquée, a-t-elle admis.

— Comme ton père.

— Ouais. Comment le sais-tu ?

— Les biscuits. Ça ne trompe pas.

— Pauvre lui ! La semaine dernière, c'était du gâteau au fromage. Si ça continue, nous allons tous grossir de quatre kilos et demi.

Un coup sonore a été frappé à la porte, puis nous avons entendu la poignée tourner.

— Adèle ?

Maggie, la mère de Dell, se tenait de l'autre côté de la porte.

— Voici le gardien de prison, a chuchoté Dell en se levant pour déplacer le bureau et ouvrir la porte. Si je ne réponds pas, elle va nous balancer du gaz lacrymogène.

— Bonjour, Jes, a dit Maggie en se tenant dans l'embrasure. Ta mère a appelé. Elle veut que tu rentres tout de suite.

— D'ac. Merci. Je partais.

Maggie a balayé la chambre des yeux, comme si elle inspectait une cellule. C'est vraiment un miracle que Dell et la méchante Pammy soient capables de faire quoi que ce soit sous un tel regard inquisiteur. Moi, je pourrais probablement cultiver de la marijuana dans ma chambre en prétendant mener une expérience scientifique, et ma mère n'y verrait que du feu. Mais, si j'ai le malheur de soupirer plus de deux fois, j'ai droit à une séance de thérapie. Dell et moi en sommes venues à la conclusion que nos mères sont à l'opposé l'une de l'autre. Maggie remarque tout ce qui vient de l'extérieur. Ma mère, elle, utilise des techniques de pointe pour creuser, tout faire sauter et atteindre le cœur du problème.

— Beau bronzage, Jes. Tu étais au lac ce week-end ?

— Ouais.

Maggie a plissé les yeux.

— Tu devrais te tartiner d'écran solaire. Tu as une si belle peau !

Dell a gémi :

— Maman, peut-on remettre à plus tard l'examen des grains de beauté ?

Maggie a soupiré en me regardant.

— Manques-tu, toi aussi, de respect à ta mère, Jessica ?

— Jamais. D'ailleurs, j'avais l'intention d'aborder le sujet avec Dell. Ça me préoccupe, ai-je dit en faisant une grimace à Dell.

Maggie a souri.

— Jes doit rester ton amie à jamais, Dell. C'est un ordre.

— D'accord, si ça te fait plaisir.

Dell s'est redressée. Elle atteignait déjà le haut de la porte et dépassait sa mère.

— Juste quelques minutes de plus, d'accord, garde ?

Et elle a refermé doucement la porte derrière sa mère.

J'ai entendu un faible « Grr », suivi de pas dans le couloir.

— Tu es tellement lèche-bottes avec mes parents ! s'est plainte Dell. Ils pensent que tu es la fille idéale.

— Je les aime bien. Ils sont si… simples, tu vois ? Ils ne nous réservent pas de grosses surprises.

— Ouais, bon. Alors, tu étais au lac ? Sam aussi ?

— Écoute, il faut que j'y aille. Ma mère va se demander où je suis.

— Ne change pas de sujet.

Dell a bloqué la porte.

— Quand vas-tu lui donner une chance ?

— Je ne sais pas de quoi tu parles.

Elle a croisé les bras et s'est appuyée contre la porte.

— Il est fou de toi.

— Fou? Tu exagères!

Je me suis tortillée, mal à l'aise.

Elle a insisté:

— C'est vrai. Et il devient plus mignon de seconde en seconde! Crois-moi, il faut que tu te décides maintenant, avant qu'il enlève ses broches.

— Nous sommes amis, ai-je dit d'une petite voix. Cela ne compte-t-il pas?

Dell a réfléchi à la question.

— Eh bien! pour nous, c'est sûr, c'est super-important. Mais pour les garçons? Ils sont différents. Bientôt, quelqu'un va te le chiper; et puis, tu sais qu'il est fou de toi. Il meurt d'envie d'être plus que ton ami.

— Plus que mon ami! Comme si l'amitié était un prix de consolation! Je déteste cette idée.

— Pourquoi ne lui donnes-tu pas une chance?

— Tu connais beaucoup de gens qui sont restés amis après avoir rompu?

Dell s'est jetée sur son lit en mâchant le reste de sa barre de chocolat.

— Franchement, Jes, tu n'es même pas sortie avec lui et tu penses déjà à votre rupture! Tu es un vrai mystère… une énigme, même pour moi.

— Une énigme. Bon choix de mot, Dell. Je dois y aller.

En marchant vers la maison, je me suis demandé comment ma mère savait que j'étais rentrée du lac. Puis, je me suis rendu compte que j'avais laissé mes affaires dans la voiture de mon père. Il les avait probablement déposées à la maison, ce qui voulait dire qu'il avait dû rencontrer Angela et qu'il devait se demander pourquoi je ne lui avais pas parlé d'elle.

J'ai donné un coup de pied dans un caillou et je l'ai regardé frapper le bord du trottoir. Tout devenait de plus en plus déroutant et compliqué. Je commençais à me sentir comme Alice au pays des merveilles : de plus en plus petite.

Chapitre 7

Pour une obscure raison, j'ai failli frapper à la porte de ma maison. Je n'étais partie que deux jours, mais je savais que quelque chose avait changé, s'était modifié.

Les plaques tectoniques… Nous avons étudié ce sujet à l'école. Chaque plaque se déplace à la surface de la Terre à une vitesse imperceptible. On ne s'aperçoit de rien et pourtant c'est comme ça que naissent les montagnes, les volcans et les tremblements de terre. Pendant mon absence, ma maison avait subi un changement. Aucun des voisins ne s'en était rendu compte, mais moi, je le sentais. Nous nous dirigions vers quelque chose, mais quoi ? L'émergence d'un volcan, un tremblement de terre ? Je l'ignorais.

Quand je suis entrée, Angela était étendue sur le canapé du salon. Elle feuilletait un magazine.

Dès qu'elle m'a vue, elle a posé les pieds sur le tapis et s'est levée. J'aurais préféré qu'elle ne bouge pas. Elle était tellement grande ! Avec son un mètre soixante-dix et des poussières, elle pouvait facilement faire l'envie des recruteurs des équipes de basket. Ses longs cheveux étaient attachés en queue de cheval, et des mèches folles retombaient et virevoltaient de façon *ravissante* — le mot de Dell de la semaine dernière — de chaque côté de son menton. Un peu de sueur perlait sur son visage. C'était normal, il faisait chaud. Mais, sur elle, on aurait dit que ç'avait été ajouté de manière intentionnelle, appliqué par un photographe. C'était parfait.

— Salut, Jes. Je t'attendais. Ta mère est dans la cuisine. Elle m'a dit que tu allais rentrer bientôt.

— Eh bien, me voilà ! Je suis à la maison.

Je parlais pour ne rien dire et je le savais.

Elle a eu un léger sourire.

— Je suis contente de te revoir. C'était plutôt rapide, l'autre jour. Ta mère m'a dit que tu devais aller chez ton père et que c'est pour ça que tu étais pressée.

— Ouais.

— Tu t'es bien amusée au lac ?

— Oui ; mon père a gardé le… enfin, il a un chalet. Nous y passons pas mal de temps l'été.

J'ai ajouté pour moi-même : «Comme ça, tu ne me verras pas beaucoup.»

— C'est ce qu'il a dit.

— Hein ?

— Ton père. Quand il a déposé tes affaires. Il a l'air très sympa. Il m'a invitée à venir avec toi un de ces jours.

Mon cœur a fait un triple saut périlleux avant d'atterrir au creux de mon estomac.

— Ça serait bien, tu ne penses pas, Jes ? Je peux t'appeler Jes ? Ou préfères-tu Jessica ? Tu peux m'appeler Angela ou Angel. Certains de mes amis m'appellent Ange, mais c'est parce qu'ils ne me connaissent pas très bien. Non, je blague…

J'ai obligé les muscles de mes joues à étirer les coins de ma bouche pour former un sourire.

J'ai dit :

— Va pour Jes. Je dois ranger mes affaires.

Je me suis dirigée vers la porte, mais elle m'a suivie.

— Je vais t'aider.

— Pas la peine.

J'ai commencé à protester, mais elle n'avait pas l'air de vouloir partir.

Heureusement qu'elle était avec moi quand je suis entrée dans ma chambre, parce qu'autrement j'aurais hurlé.

La pièce avait été nettoyée.

Sauf que «nettoyée» n'était pas le terme exact. La pièce avait été stérilisée. On aurait pu opérer quelqu'un sur le plancher sans avoir à craindre d'infection. Ça ne ressemblait plus à ma chambre. D'habitude, il y avait un équilibre confortable entre un fouillis et un espace vital. Ma mère disait que ma chambre ressemblait à un camp de réfugiés ; pour moi, c'était un écosystème fragile où tout avait un rôle, où tout affirmait ma présence, voire proclamait que *j'existais*. Mais cette chambre, cette pièce, était «vide».

— Tu aimes?

Angela ou Angel, peu importe, m'a regardée dans les yeux. Ou elle a essayé en vain, étant donné qu'elle était plus grande que moi.

— C'est, euh, bien rangé.

— Ouais. Elli et moi avons travaillé fort hier. Ta mère a dit que tu dressais des éléphants. Elle est très drôle. Je l'aime beaucoup, et mon père aussi. C'est clair. D'ailleurs, ils vont se marier. Je trouve ça super. Je veux dire, divorcer n'est pas drôle, mais bon, si on ne réussit pas la première fois, il faut essayer et essayer encore, pas vrai? C'est ma devise. Depuis son divorce, ma mère a eu des tas de copains. Et toi?

— Et moi quoi?

Ma tête tournait. Cette fille avait-elle une corde dans le dos qui, quand on tirait dessus, la faisait parler comme la poupée qu'on m'avait offerte quand j'avais six ans?

— Et toi, as-tu une devise? Es-tu en faveur du mariage? Aimes-tu ta chambre? Choisis. Tu peux répondre comme tu veux.

Oh zut! Elle était futée en plus d'être belle...

— On n'est jamais trop propre, c'est ma devise, ai-je dit d'un ton sarcastique en ouvrant mon sac à dos.

— Bon, je vais descendre voir si Elli a besoin d'aide pour le repas.

J'ai rangé mes vêtements et je me suis demandé si j'avais marqué ou non un point. Comme j'étais incapable de répondre à cette question, j'ai pensé que j'avais dû perdre.

— C'était un excellent dîner, Elli, le meilleur jusqu'à maintenant.

Angela faisait du zèle auprès de ma mère. Elle avait de vrais talents de lèche-bottes, c'était clair.

Cal s'est adossé à sa chaise et a croisé les mains derrière la tête. Il avait l'air satisfait.

— C'était délicieux, El. Qu'as-tu mis dans cette sauce ?

Ma mère a souri. J'aurais pu dire à son amoureux que c'était de la crème de champignons en boîte, mais je m'en suis abstenue. J'ai pensé qu'il fallait lui laisser quelques trucs à découvrir après le grand jour.

— Je vais laver la vaisselle, a dit Angela en bondissant de sa chaise.

— Laisse, Angela. Je suis sûre que Jes va proposer de le faire. Elle guette probablement le moment propice.

J'ai répondu :

— C'est vrai. J'attendais une occasion spéciale, mais il n'y a rien comme le moment présent, pas vrai ? Bon, alors, et si je faisais la vaisselle ?

— Ce serait très gentil, ma chérie. Je vais montrer les albums de photos à Angela.

J'ai pensé : la chanceuse !

— Je vais t'aider, Jes. C'est le moins que je puisse faire, a annoncé Cal.

Je me suis dit, en apportant une pile d'assiettes sales dans la cuisine, qu'il ne s'était pas empressé de proposer de m'aider. Pourtant, il pouvait bien faire ça pour moi, lui qui avait bouleversé ma vie. Sans lui, tout cela serait-il arrivé ? D'accord, peut-être qu'il n'était pour rien dans le divorce de mes parents mais, s'il n'avait pas été là, qui sait ? On entend parler de remariage tout le temps. Si souvent que c'est devenu un cliché.

— Ça va, Cal. Je peux remplir le lave-vaisselle toute seule.

— Frotter et rincer, n'est-ce pas le mot d'ordre aujourd'hui ?

— Pour ma mère, tu veux dire.

— C'est pareil.

— Tu apprends vite, ai-je dit sans y penser.

Mais Cal a seulement souri. Comme s'il savait.

Il ne nous a fallu que cinq minutes pour ranger la cuisine. Ma mère a une façon bien à elle de nettoyer progressivement les choses comme un chat.

En sortant de la cuisine, Cal m'a demandé :

— Ça t'ennuierait de venir m'aider, Jes ? Je vais ramasser des prunes pour ta mère. L'arbre croule sous les fruits.

Dehors, les derniers rayons du soleil disparaissaient à l'ouest. En ville, il est difficile de voir exactement où il se couche. Au lac, c'est différent. Il ne faut que quelques secondes au soleil pour descendre en silence derrière la montagne.

— Ne sont-elles pas superbes ? a lancé Cal en tenant une prune mûre dans la main.

— Je suppose que oui.

Le prunier en question nous donne des fruits depuis toujours.

Cal a posé l'objet de son émerveillement avec précaution dans un panier, et j'ai cueilli d'autres fruits sur les branches les plus basses. La cime de l'arbre s'étendait jusque dans la cour de Sam, et je me suis demandé si sa famille était revenue du lac.

— As-tu déjà vu une couleur plus belle ?

Cal m'a tendu une prune pour que je l'inspecte.

Il a continué :

— Même avec cette fine couche de poussière ou peut-être à cause de ça ! Le contraste du violet foncé et des feuilles est superbe, ne trouves-tu pas ?

— Bien sûr, ai-je répondu tout en cueillant d'autres prunes.

C'est le genre de conversation que ma mère aime avoir. En général, répondre « bien sûr » fait l'affaire.

— Je me disais que, lorsqu'on a une conscience aiguë de la beauté de ce qui nous entoure, on se rend compte que, dans la vie de tous les jours, on passe à côté de beaucoup de choses.

— Oui.

— Ça a l'air fou, hein ?

Il m'a souri entre deux branches feuillues.

— Plutôt, ai-je admis.

Nous avons continué notre cueillette en silence. Les prunes fournissaient un sujet de conversation limité. «Elles ont une jolie forme, tu ne trouves pas?» Ouais. Cal était un type sympa, Dell avait raison sur ce point. Mais on ne sort pas avec un gars et on ne l'épouse pas parce qu'il est sympa. Je pensais vraiment qu'il n'était qu'une étape dans la vie de ma mère. Le truc qui arrive vers la quarantaine. Quand elle m'avait annoncé qu'ils allaient se marier, ça m'avait tétanisée.

J'avais protesté:

— Mais tu le connais à peine!

Puis elle m'avait débité un tout nouveau discours sur la nécessité d'aller de l'avant, de continuer à vivre sa vie, et, peut-être aussi, sur d'autres choses. Mais j'avais cessé de l'écouter.

— Peu importe, avais-je fini par marmonner.

Ma mère avait eu l'air blessée, alors j'avais fait semblant d'être heureuse pour elle.

J'ai regardé Cal à travers les feuilles et j'ai essayé de l'imaginer dans notre maison tous les matins et tous les soirs. Il m'a souri de nouveau. J'ai fait tomber une prune. Je me suis penchée pour la ramasser et pour éviter d'avoir à lui rendre son sourire. Tout le monde se sourit beaucoup trop ces temps-ci. Quand je me suis redressée, son visage était redevenu normal, sauf qu'il avait l'air encore plus sérieux que d'habitude.

— L'autre jour, Jes, j'ai vraiment manqué de tact en faisant le commentaire à propos de ta nouvelle sœur. Je suppose que j'étais un peu nerveux. Je n'ai pas réfléchi. Je suis désolé.

Je me suis éloignée de l'arbre en direction de la maison en jetant :

— C'est bon. J'ai des trucs à faire, d'accord, Cal ?

— Très bien. Merci de ton aide.

Je suis rentrée rapidement et j'ai monté l'escalier. Lorsque je suis arrivée en haut, j'étais un peu secouée. Je savais bien que ma mère finirait par lui parler d'Alberta. Elle l'avait fait et il croyait tout savoir. Il ne s'installait pas seulement dans cette maison. Il s'installait dans nos vies.

Je me suis dirigée vers ma chambre dans l'espoir d'éviter tout contact humain mais, quand j'ai ouvert la porte, Angela était là. Elle était assise sur le lit qui, avant son arrivée, me servait de placard horizontal.

J'ai dit :

— Je croyais que tu regardais les albums de photos.

— Ta mère a reçu un coup de fil. D'un de ses clients, je crois. Elle avait cette expression sur le visage…

— Laquelle ?

Elle connaissait déjà les expressions de ma mère ?

— Mon père a la même. Tu sais, celle qui dit : « Je suis prête à sauver le monde. » Ils se ressemblent beaucoup, tous les deux, tu ne trouves pas ?

— Je ne sais pas.

J'ai haussé les épaules, mécontente qu'elle ait remarqué les mêmes choses que moi.

— Alors, es-tu furieuse que je sois ici ?

— Je ne suis pas furieuse, ai-je menti.

— OK, comme tu veux.

Elle a recommencé à feuilleter un magazine.

J'ai senti le besoin d'ajouter du poids à mon mensonge :

— Je veux dire, c'est ton père. Il faut bien que tu assistes à son mariage, non ?

Sans lever les yeux de son magazine, elle a pris une voix théâtrale et a répliqué :

— Bien vu, mon cher Watson. Mais le mariage n'est que dans quatre semaines. Alors, pourquoi est-elle déjà ici ? N'est-ce pas ce que tu te demandes ?

Puis, reprenant sa voix habituelle, elle a ajouté :

— Regarde un peu.

Elle m'a montré une jolie fille en bikini et a marmonné :

— Je te parie cent dollars qu'elle est boulimique.

Elle a baissé le magazine et scruté la page comme si celle-ci était placée sous un microscope.

J'ai lâché :

— En général, je ne fais pas de paris sur les troubles alimentaires.

Je me suis dit que le corps d'Angela n'était pas très différent de celui de la fille du magazine. Tout à coup, j'étais très contente de porter ma salopette trop grande.

— Personne n'a la taille aussi fine, a-t-elle grommelé.

— Je crois que je vais prendre une douche, ai-je lancé subitement.

Au moins, dans la salle de bain, j'étais sûre d'être seule. Mais je me suis arrêtée à la porte, incapable de retenir la question qui me brûlait les lèvres :

— Alors, pourquoi es-tu arrivée… un mois trop tôt ?

Angela m'a regardée de ses grands yeux verts.

— Ma mère m'a mise à la porte. Elle traverse une crise. Personnellement, je crois qu'elle se sent menacée par moi. Je lui rappelle sa beauté passée, les jours enfuis, les chemins qu'elle n'a pas pris… Ce genre de chose. Le truc classique.

Je n'en revenais pas.

— Elle t'a mise à la porte ?

— Eh bien, pas exactement !

Angela a haussé les épaules.

— Elle m'a dit : « Si tu n'es pas heureuse ici, tu peux toujours aller vivre avec ton père. » Alors, je suis montée dans ma chambre, j'ai fait ma valise, j'ai appelé la station d'autobus et me voici !

— Juste comme ça ?

— Oui. Je suis un esprit libre, Jes.

Elle a souri, et ses fossettes se sont joliment creusées.

— J'aime ton prénom. Il est cool. Écoute, je crois qu'il faut prendre en main sa destinée. Faire ce que l'on a envie de faire. Grimper au sommet d'une montagne et crier : « Me voici ! »

— Euh…

Ç'a été ma brillante réponse.

— Et tu sais quoi ?

J'ai secoué la tête.

— Tu es très mignonne. J'aurais voulu être petite, mais j'ai toujours été la plus grande de ma classe. Heureusement, c'est mieux pour être mannequin. C'est ce que je veux être, et actrice aussi… Et qui sait ? Peut-être que je découvrirai quelque chose : l'Atlantide perdue ou un super-bon implant mammaire qui ne fuit pas. J'aurais besoin d'un peu d'aide dans ce domaine.

Elle a regardé sa poitrine, qui, d'après moi, était tout à fait adéquate.

— Bon. Qu'est-ce que je disais ? Ah oui ! tu es mignonne.

Elle a marché jusqu'au bureau et a ouvert le tiroir du haut.

— C'est trop petit pour moi mais, sur toi, ce sera fabuleux. Essaie-le, a-t-elle ordonné.

J'ai attrapé le vêtement au vol : un t-shirt avec le mot « psycho » écrit en lettres brillantes. L'étiquette du prix était encore dessus.

— C'est plutôt cher… Je ne devrais pas accepter, ai-je protesté, me demandant à quelle occasion je pourrais bien le porter.

— Allez, c'est un geste de bonne volonté. Après tout, nous allons devenir sœurs.

J'ai acquiescé bêtement.

— Je vais aller prendre une douche.

— Hé ! *(Elle criait presque.)* Ta devise !

— Quoi ?

— On n'est jamais trop propre !

Elle a eu le même sourire que son père.

— Euh… ai-je dit.

Je suis sortie de la chambre en serrant le t-shirt. J'ai traversé le couloir jusqu'à la salle de bain, j'ai fermé la porte et j'ai tiré le loquet. Le maquillage d'Angela était rangé avec soin sur une étagère dans l'armoire à pharmacie. Un séchoir à cheveux, un fer à friser et un autre appareil rappelant un instrument de torture étaient alignés sur le comptoir.

Quand je me suis mise sous la douche, j'ai remarqué que même la saleté entre les tuiles avait été nettoyée. Debout sous l'eau chaude, j'ai eu une vision très claire : Angela se trouvait tout en haut d'une montagne ou peut-être sur le toit de notre maison et criait : « Me voici ! » L'image était très nette.

Chapitre 8

Ma mère passait moins d'heures au Centre pour se consacrer aux préparatifs de son mariage, et ça plaisait beaucoup à Angela, à en croire les grognements de plaisir qu'elle émettait quand elles se retrouvaient toutes les deux penchées au-dessus des revues pour futurs mariés. Ni l'une ni l'autre ne paraissait être gênée par le fait que c'était un deuxième essai, alors qu'elles planifiaient une cérémonie dont le thème principal était «Jusqu'à ce que la mort nous sépare». Pourtant, étant donné que mon père et la mère d'Angela étaient encore très en vie, cela me semblait un détail difficile à ignorer. Toujours est-il qu'elles donnaient l'impression de tout contrôler. Je suis sortie en douce par la porte arrière pour faire quelques lancers au panier.

— Tu ne viens pas chez le traiteur avec nous ? m'a demandé ma mère sans même lever les yeux de la table.

— Il y a les Kennedy, maman, ai-je répondu en utilisant mon boulot de gardienne d'enfants comme prétexte.

— Le jeudi ? Je croyais que tu étais libre ce jour-là.

— Il faut que Mme Kennedy se fasse offrir des soins des pieds ou un truc comme ça.

— Elle pourrait amener Lucie avec elle. Ça ne la tuerait pas de passer un peu de temps avec sa fille.

En blaguant à moitié, j'ai demandé :

— C'est une opinion professionnelle ?

Moi aussi, je m'inquiétais beaucoup au sujet de Lucie.

— Je la prendrais bien comme cliente si elle voulait suivre une thérapie, a répondu ma mère. Mais ça ne me regarde pas, pas vrai ? De toute façon, ce n'est pas avant cet après-midi que tu es occupée. Viens avec nous.

— Ouais, Jes. Ce sera amusant, a roucoulé Angela.

Ma mère m'a lancé un autre coup d'œil.

— Il y aura à manger.

Dix minutes plus tard, dans la voiture, Angela posait mille questions sur le mariage tout en évitant de répondre à celles de ma mère sur sa vie en Californie... C'était un échange intéressant qui compensait presque le fait que j'allais perdre une belle matinée d'été à goûter des sandwichs secs et des glaçages à la crème fouettée. Lorsque nous sommes arrivées à destination, j'étais, malgré moi, impressionnée par la capacité d'Angela à parler beaucoup pour ne pratiquement rien dire. Ma mère avait-elle trouvé son égale ?

Le traiteur, Mme Cameron, s'est révélé être une grand-mère du genre à faire des biscuits maison.

— «Je pourrais m'habituer à ça», ai-je pensé en reniflant les effluves qui s'étaient échappés de la maison lorsque la porte d'entrée s'était ouverte. C'était mon genre de parfum : cannelle, vanille et peut-être chocolat...

Dans la cuisine, j'ai vu un plateau de croissants fraîchement sortis du four.

— Servez-vous, a offert la dame.

— Merci.

Je me suis penchée sur le comptoir et j'en ai pris un. Il était encore chaud et se creusait merveilleusement sous le poids du chocolat fondu.

Angela et ma mère ont décliné l'offre. Moi, j'avais les sens trop submergés par le délicat équilibre des odeurs et des saveurs — beurre, pâte d'amandes, riche chocolat foncé — pour me soucier de quoi que ce soit.

— Vous êtes engagée ! ai-je annoncé, la bouche pleine, à Mme Cameron.

J'ai agréablement occupé mon temps à finir le croissant, tandis que ma mère et Angela la pressaient de questions. Angela voulait du caviar et du champagne à volonté, tandis que ma mère penchait pour quelque chose de plus simple. J'ai assisté à un autre échange intéressant et j'ai commencé à voir à quel point elles se ressemblaient : elles étaient toutes les deux polies, mais elles refusaient de céder. Impossible de deviner qui aurait le dessus ! Ma mère avait l'âge et l'expérience, mais Angela avait la détermination de la jeunesse.

Mᵐᵉ Cameron m'a donné un verre de lait, et j'ai décidé de me distraire en regardant le spectacle — on aurait dit deux gladiateurs qui se tournaient autour. Lorsque Mᵐᵉ Cameron m'a offert un deuxième croissant, je n'ai pas refusé, même quand Angela m'a chuchoté qu'il débordait de gras saturés. Je l'ai remerciée de l'information, mais mon sarcasme est passé inaperçu, car ma mère a suggéré à ce moment-là du saumon.

— Une seule entrée ? a protesté Angela d'un air atterré.

Ma mère s'est tournée vers elle en prenant une pose quasi parfaite que je connais bien. C'est celle qui dit « dans une autre vie j'étais une reine ». J'ai léché le chocolat qui avait coulé sur mes doigts tandis qu'elles se mettaient finalement d'accord sur le menu : saumon et fromage de chèvre. Soudain, j'ai pris conscience du fait que pas une seule fois on ne m'avait demandé mon avis.

— Quoi ? Pas de saucisses en croûte ? ai-je lancé pour rigoler.

Elles m'ont regardée toutes les deux d'un air navré, et je me suis fait mentalement la remarque qu'elles avaient un autre point commun : un manque total d'humour.

— Je blaguais, ai-je ajouté mollement.

— Un autre croissant ? a proposé Mᵐᵉ Cameron.

J'ai été tentée de dire oui, juste pour voir leurs yeux exorbités, mais mon estomac était déjà rempli.

D'ailleurs, je me sentais vaguement nauséeuse. J'ai répondu «non merci» et je me suis contentée de voir le soulagement se peindre sur leur visage.

— Jes, Jes, Jes !

Lucie a ouvert la porte brusquement et s'est jetée dans mes bras en criant :

— Te voilà !

— Lucie, Lucie, Lucie, ai-je répondu en la serrant contre moi. Toi aussi, te voilà !

— Ne grimpe pas sur Jessica, tu n'es pas un singe, a ordonné Mme Kennedy en faisant claquer ses talons hauts sur le plancher de bois.

Même si elle portait souvent des talons hauts, on avait l'impression qu'il suffirait d'un coup de vent pour la faire tomber.

J'aime beaucoup Lucie. Mais Mme K., c'est autre chose. Elle appelle sa petite «la fillette» quand elle parle d'elle. La plupart du temps, on a l'impression qu'elle ne s'en préoccupe pas. Lucie semble la déranger, surtout l'été, quand l'école est finie. On n'entend jamais parler d'un M. Kennedy, et je me dis que ça doit cacher une histoire qui a mal tourné.

J'ai répliqué :

— Ça ne fait rien. Aujourd'hui, Lucie peut me grimper dessus.

Je lui ai montré les poches cousues sur les jambes de mon pantalon cargo en précisant :

— C'est parfait pour l'escalade.

Lucie a grimpé sur moi et je l'ai prise dans mes bras. J'ai eu envie de dire : «Vous voyez, c'est comme ça qu'il faut faire», mais j'ai pensé que Mme K. ne comprendrait pas l'allusion.

J'avais vu juste. Elle a baissé les yeux sur son nez poudré et a ajouté, l'air perplexe :

— Très bien, alors. Il y a un lunch pour toi et la fillette dans le réfrigérateur. Je serai de retour à seize heures.

Elle est partie en laissant derrière elle l'odeur de son parfum.

Lucie a agité la main jusqu'à ce que sa mère disparaisse. Celle-ci s'est dirigée tout droit vers sa voiture sans même se retourner. Le regard mélancolique de la petite m'a fait monter les larmes aux yeux.

— OK, Lucie-ouistiti, c'est l'heure de jouer aux dames. J'ai envie de te prendre toutes tes dames aujourd'hui.

— Jamais, a-t-elle crié en s'échappant de mes bras. C'est impossible.

Je savais qu'elle avait raison.

Lucie joue aux dames de façon «créative», c'est-à-dire qu'elle change les règles chaque fois qu'elle en a envie. Si elle est coincée, elle se déplace de côté, en arrière ou en diagonale. Les règles ne l'impressionnent pas beaucoup. Son objectif est de garder le plus de pièces possible sur l'échiquier. J'espère qu'elle pourra continuer à fonctionner comme ça tout le reste de son enfance. Cela l'aidera peut-être à survivre, malgré sa mère.

Quand je suis rentrée à la maison, il y avait deux messages sur le répondeur. Le premier était de mon père; il disait qu'il viendrait me chercher le lendemain à midi. J'ai pensé: «Chouette! Comme avant!» Ou presque. Le deuxième était de Dell, qui avait pris son ton de princesse.

«Je n'ai pas de nouvelles de toi depuis dimanche. Si tu n'es pas morte — et j'espère pour toi qu'une partie de toi l'est —, appelle-moi DÈS QUE POSSIBLE.»

J'ai appuyé sur la touche quatre; Dell a répondu au bout d'une sonnerie.

— Quelle partie de moi devrait être morte? lui ai-je demandé sans même lui dire bonjour.

— La partie de toi qui doit donner des nouvelles à ta meilleure amie.

Je n'ai même pas pris la peine de lui préciser que, pendant ce fabuleux été consacré à Marshall, elle-même avait fait preuve de négligence dans ce domaine.

— Alors, comment se fait-il que tu ne m'aies pas encore invitée à rencontrer la déesse?

— Ma mère et elle sont trop occupées à planifier le mariage royal. Et puis, tu sais bien que je garde Lucie durant le jour.

— D'accord, mais il reste les soirs, même si j'ai été pas mal occupée avec Marshall.

Lorsqu'elle a prononcé son nom, sa voix s'est ramollie comme du carton qu'on laisse sous la pluie.

— Comment va le vieux shérif[1] ?

— Il est formidable. Tellement intense ! Nous avons des moments tellement… intenses ensemble ! T'ai-je dit qu'il écrit des poèmes ?

— De formidables poèmes intenses ? ai-je ajouté au hasard.

— Ouais, vraiment, a-t-elle poursuivi très sérieusement.

Elle n'avait même pas remarqué mon ton sarcastique.

Sa voix a changé :

— Tu sais, Jes, si seulement tu donnais une chance à Sam, nous pourrions sortir tous les quatre ensemble, ou quelque chose du genre.

Avec mon ongle, j'ai fait un bruit de déclic, espérant que ça donnerait l'impression que j'avais un autre appel.

— Attends, Dell. Quelqu'un me téléphone.

J'ai commencé à appuyer sur la touche Garde.

— Ça va, je change de sujet, a-t-elle dit.

— Merci.

— Alors, ce n'est pas trop bizarre de l'avoir chez toi ?

— Imagine que tu as la méchante Pammy dans ta chambre vingt-quatre heures sur vingt-quatre, sept jours sur sept.

J'ai entendu Dell suffoquer d'horreur. Puis, elle a ajouté :

— Pourquoi ne prend-elle pas l'autre — tu sais…

Elle parlait de la chambre d'Alberta. C'était logique.

---

1. NDT : Jes fait allusion au sens du nom *marshall*, en anglais.

Mais seulement dans le monde réel... là-bas. Ici, cette chambre était déjà occupée.

Je n'ai rien trouvé à dire, et le silence s'est installé entre nous.

— C'est idiot comme idée. Désolée, Jes, a bafouillé Dell.

— C'est bon. De toute façon, ça me soulage un peu. Maintenant, je n'ai plus besoin de me forcer à sauter de joie quand on me parle des préparatifs du mariage.

— Comme si tu...

— Il m'est arrivé de le faire, ai-je dit pour me justifier. C'est bien de subir moins de pression. Je te jure que, si je dois regarder un autre échantillon de tissus pervenche...

— Oh, Jes, j'ai vu le modèle ! La robe va être magnifique. Sur toi, a-t-elle ajouté après coup.

— Je vais avoir l'air ridicule.

— Tu es mince.

— Dell, j'ai un autre appel. Je le prends.

— Menteuse ! De toute façon, il faut que je téléphone à Marsh. Seras-tu au lac cette fin de semaine ?

— Ouais.

— Je vais essayer de convaincre mon père de traîner le bateau. Si ça marche, j'irai.

— Bon. J'espère que tu viendras, ai-je dit sincèrement.

Un, deux, trois... et nous avons raccroché.

J'étais en train de reposer le téléphone quand la voiture de ma mère s'est engagée dans l'allée. Angela et elle sont entrées les bras chargés de sacs et de paquets ; leurs voix débordaient d'excitation.

Il m'a fallu une seconde avant de m'habituer à l'allure de ma mère. Au lieu d'adopter son style habituel — celui d'une femme d'affaires guindée ou d'une femme d'affaires décontractée —, elle portait des jeans évasés et un t-shirt brodé. Elle avait noué un cardigan autour de sa taille. On aurait dit qu'elle sortait tout droit d'un magasin Gap.

Elle a rougi quand elle a surpris mon regard.

— Je parais trop jeune ? C'était l'idée d'Angela…

J'ai secoué la tête, abasourdie. Maintenant, c'était elle qui habillait ma mère ?

— Tu es superbe, a insisté Angela en fille qui s'y connaît en mode.

— Oh ! Jes, il faut que je te montre ce que nous avons trouvé. Le tissu le plus somptueux…

Elle a sorti une bande d'étoffe soyeuse, d'un bleu tirant sur le mauve, qu'elle a drapée sur mes épaules et qui a flotté jusqu'au sol.

— Une toge ? Brillante idée, maman. Ça va sûrement être le mariage de l'année.

Ma mère a souri.

— Je savais que cela ferait ressortir la couleur de tes yeux. Angela a pensé la même chose. Les filles, vous allez être ravissantes !

— Les filles ?

Ma mère m'a regardée, et j'ai pu voir dans ses yeux qu'elle comprenait qu'elle venait de faire une gaffe. Elle a ajouté :

— Je ne te l'ai pas dit ? J'ai demandé à Angela d'être demoiselle d'honneur avec toi.

Un sourire hypocrite s'est collé sur ma bouche sans ma permission. L'expression d'Angela était indéchiffrable.

J'ai réussi à répondre :

— Non, tu ne m'en as pas parlé.

— Ça va être plaisant, n'est-ce pas ? J'ai toujours voulu participer à une fête de mariage quand j'étais jeune, a déclaré bizarrement ma mère, comme si ça avait un rapport quelconque avec le sujet.

— Si tu n'es pas d'accord, Jes, je comprendrai, a déclaré Angela brusquement, et j'ai admiré sa franchise brutale. Admiré et détesté.

— Non, ça va. Comme l'a dit maman, ce sera plaisant.

J'ai insisté sur le mot « plaisant » en faisant un sourire encore plus hypocrite.

Ma mère m'a juste serrée rapidement dans ses bras. Elle avait choisi de me croire. Puis, elle a remis délicatement le tissu dans le papier de soie.

— Ça va être fabuleux, a-t-elle murmuré doucement.

Elle avait l'air fatiguée.

— Ta mère est vraiment excitée par ce mariage, non ?

m'a demandé Angela pendant que nous lavions la vaisselle du souper. Ma mère et Cal étaient partis se promener.

— Ouais, ai-je marmonné en faisant s'entrechoquer les couverts.

— Mon père est pas mal excité, lui aussi. Je n'ai pas passé beaucoup de temps avec lui dans ma vie — juste quelques étés —, mais je ne l'ai jamais vu aussi heureux.

— Tant mieux.

J'ai glissé la dernière assiette dans le panier du lave-vaisselle et j'ai fermé la porte de l'appareil avant de le mettre en marche. J'ai entendu son vrombissement habituel.

J'ai grommelé :

— Quelle horrible machine ! Je vais dehors.

Depuis la galerie, j'ai visé et lancé le ballon en direction du panier. Il en a heurté le rebord, mais il est entré dans le filet.

— Beau lancer, a dit Angela en arrivant derrière moi.

Elle est allée ramasser le ballon. Je me suis mise à penser à l'été où mon père avait pavé la cour. Il voulait que celle-ci soit en ciment, mais ma mère préférait les dalles, parce que c'était plus beau. Mon père avait donc passé des semaines à creuser le sol argileux et compact, à l'aplanir et à poser des dalles — rouges et grises — pour que ce soit vraiment beau. Encore aujourd'hui, elles produisaient le même effet que l'été où il les avait installées.

Le fait de voir Angela effectuer un lancer parfait m'a

tirée de mes pensées. Elle s'est mise en position et a réussi un panier, puis un autre. Le ballon a traversé le panier quatre fois de suite. Son style était impeccable. J'ai senti une onde de jalousie me traverser le corps comme un ver.

— Bravo ! l'ai-je pourtant félicitée.

Angela a repoussé une mèche de cheveux bouclée.

— Merci. Je suis un peu rouillée.

Rouillée ? Si c'est ça, être rouillée, alors je veux bien l'être un peu aussi !

— Tu veux jouer contre moi ? a-t-elle demandé.

— Pas maintenant, ai-je répliqué en m'allongeant sur la chaise longue.

Angela a fait quelques lancers ; ses longs cheveux flottaient derrière elle comme un drapeau déployé. Elle était mieux que bonne ; elle était à l'aise sur le terrain. Plus je la regardais, plus le petit « ver » qui était en moi se tortillait et grossissait.

Finalement, elle s'est lassée. Un peu de sueur perlait sur son visage. Elle s'est assise sur le fauteuil en osier en face de moi.

— Alors, tu as pensé à ton cadeau de mariage ?

— Non, pas vraiment. Et toi ?

Angela a penché la tête en arrière.

— J'hésite entre de la vaisselle — Elli m'a montré ce qu'elle voulait — ou de la poterie. C'est vraiment…

Je me suis mise à somnoler quand Angela m'a énuméré tous les cadeaux de mariage possibles. Une fois, alors que ma mère et moi avions une de nos conversations « vraiment sérieuses » sur le divorce et sur ce que j'en pensais, elle avait sorti une de ses nombreuses métaphores et décrit le mariage comme une machine à sous.

« C'est comme quand tu mets une pièce après l'autre et que tu continues à actionner le levier, m'avait-elle expliqué. Tu finis par te rendre compte que tu ne gagneras jamais le gros lot. Alors, tu dois t'en aller, surtout si tu as utilisé ta dernière pièce. »

La voix d'Angela a interrompu mes réflexions.

— Qu'est-ce que tu en penses, Jes ? Y a-t-il quelque chose dans tout ça qui t'inspire ?

— Je crois que je vais leur donner un rouleau de pièces de monnaie.

Deux rides légères sont apparues sur le front parfait d'Angela, indiquant sa perplexité. Mais c'est la présence de ma mère à la porte qui a retenu mon attention. Elle avait entendu mon commentaire et savait exactement de quoi je parlais.

— Tu ne me pardonneras jamais, n'est-ce pas ? a-t-elle murmuré.

Puis, elle a fait demi-tour et est entrée dans la maison.

Chapitre 9

J'aurais dû parler à ma mère de ce qui s'était passé, lui expliquer que j'avais été terriblement frustrée par les lancers parfaits d'Angela, que j'étais d'humeur maussade ou que je souffrais de SPM. J'aurais dû dire n'importe quoi pour que les choses s'arrangent entre nous, sauf la vérité. Je ne pouvais pas lui avouer qu'elle avait raison.

— Tu es très tranquille, Jes. Tout va bien? m'a demandé mon père.

Il était venu me chercher à l'heure pile et, tandis que nous sortions à toute allure de la ville, j'essayais de chasser les derniers jours de mon esprit.

— Ça va.

— Comment ça se passe avec la fille de, euh, Cal?

Il fait toujours une pause avant de prononcer le nom de mon futur beau-père.

— Elle a l'air vraiment gentille, a-t-il continué sans attendre de réponse. Tu sais, tu peux l'inviter au lac si tu veux. Ça pourrait être agréable pour toi d'avoir une…

J'ai cessé de respirer pendant une seconde et j'ai regardé dehors, me forçant à compter les poteaux téléphoniques qui défilaient. Un, deux, trois...

Mon père a allumé la radio, et nous avons écouté de la musique classique.

J'ai contemplé le paysage. La verdure était de plus en plus présente, même si le lac n'était qu'à une heure de la ville. L'abondance de marguerites dans les fossés indiquait que nous étions presque arrivés. Quand j'étais petite, je criais « Mara » dès que je les voyais. Maintenant, elles étaient là, c'est tout.

J'ai aidé mon père à porter les provisions jusqu'au chalet.

— Je me demande si Léonard est de retour, a-t-il dit d'un air songeur tout en rangeant les pâtes et un pot de sauce marinara dans le frigo.

— Je vais aller voir, ai-je proposé très vite en me dirigeant vers la porte.

— Demande-lui s'il veut aller à la pêche.

J'ai sorti la vieille bicyclette rouillée de la remise et je l'ai enfourchée. Sam, bien sûr, l'appelait « Cyclo ». Pour moi, c'était juste une bicyclette rouillée. Le chemin menant au chalet de Léonard était envahi par les herbes. J'ai dû faire attention aux racines noueuses, qui m'ont fait tomber plus d'une fois dans le passé.

Léonard s'absente toujours en juillet. Il dit qu'il ne supporte pas les bateaux à moteur et les motomarines qui envahissent son lac bien-aimé pendant le mois d'été où il y a le plus d'affluence. D'habitude, il est drôle et agréable, mais le ronronnement incessant des moteurs l'exaspère au plus haut point.

Léonard fait partie du paysage du lac au même titre que le grand pin où est accrochée la corde au bout de laquelle nous nous balançons, que le quai d'où nous plongeons et que la mousse épaisse qui pousse sur le toit de ce chalet délabré et féerique. C'est un endroit où pourraient coexister des cochons, des loups et des enfants égarés. Léonard ne semble pas faire partie de la vraie vie. Parfois, je me demande qui était là en premier, le lac ou lui.

Un jour, il m'a parlé de son enfance. C'était la première fois que je le voyais troublé. Son père avait un penchant pour la boisson. Ses frères et sœurs avaient quitté la maison dès qu'ils avaient pu, le laissant, lui — le plus jeune —, derrière. Ensuite, sa mère était partie à son tour. Il n'avait pas donné beaucoup de détails là-dessus ; il m'avait seulement confié qu'il était resté avec son père jusqu'à ce qu'il n'en puisse plus.

Je n'avais pas su comment réagir. La pensée de laisser un parent était inconcevable pour moi. J'avais simplement pris sa main et je l'avais tenue.

En approchant du chalet, avec son toit affaissé recouvert de mousse, j'ai senti un poids se soulever de mes épaules. J'ai laissé tomber la bicyclette sur le côté du chemin et j'ai agité la cloche à vache qui pendait à la porte d'entrée.

N'ayant pas obtenu de réponse, j'ai refait sonner la cloche : je voulais désespérément que Léonard soit là.

— Tu es revenue, a prononcé une voix dans mon dos.

J'ai souri avant même de le regarder. Il était aussi silencieux qu'un chat.

Je l'ai repris :

— *Vous* êtes revenus.

— Nous sommes de retour tous les deux, a-t-il concédé.

Il m'a tapoté la tête, comme il le faisait toujours. Léonard n'était pas le genre de grand-père réconfortant et affectueux. Il n'était pas non plus comme un homme des montagnes distant et froid. Léonard était… eh bien, il était lui-même, tout simplement !

— Du thé ? m'a-t-il proposé.

J'ai hoché la tête et je l'ai suivi à l'intérieur. L'air sentait le moisi, ce qui voulait dire que cela faisait longtemps qu'il n'était pas venu au chalet. La petite pièce était remplie de souvenirs des voyages qu'il avait effectués quand il n'était pas au lac.

Il y avait des animaux sculptés d'Afrique, des tapisseries et des tapis d'Extrême-Orient, ainsi que des livres en langues étrangères. J'en ai pris un qui semblait nouveau et j'en ai caressé le dos. Je ne reconnaissais pas la langue dans laquelle il était écrit.

J'ai demandé :

— Il vient d'où ?

— De Turquie.

— Cool. Comment c'était ? Vous avez passé du temps dans les prisons turques ? Il paraît que ce sont les pires.

Il a eu un léger sourire et m'a tendu une tasse de thé.

— Tu es toujours aussi curieuse. À propos de curiosité, comment va Sam ? Continue-t-il à photographier tout ce qu'il voit ?

— C'est à peu près ça. Il va bien. Je suis surprise qu'il ne soit pas déjà venu vous rendre visite. Mon père vous fait dire bonjour et vous demande si vous voulez aller à la pêche.

Tout en parlant, je me promenais dans la pièce, admirant les merveilleux objets rassemblés par Léonard. Pour moi, cet endroit était magique. Et puis, j'ai remarqué quelque chose de nouveau dans un coin. Je me suis approchée et je me suis rendu compte que ça avait des yeux. J'ai eu un mouvement de recul.

— Qu'est-ce que c'est ? ai-je demandé en pointant un doigt vers l'animal.

— Oh ! c'est Bliss.

— Bliss ? Elle est…

— Bel et bien morte, a répondu Léonard en haussant les épaules. Elle a péri en sauvant la vie de mon ami, alors il l'a fait empailler.

J'ai marché jusqu'à l'héroïne momifiée et j'ai caressé son poil.

— Je ne savais pas que les cochons avaient des poils.

— C'est un cochon vietnamien.

— Que lui est-il arrivé ?

— Il y a eu un incendie et elle a averti mon ami. Elle est morte asphyxiée par la fumée.

— Elle est tellement petite !

Léonard a hoché la tête et bu une gorgée de thé.

— Elle était jeune.

Il a fermé les yeux et a ajouté :

— Ne sens-tu pas la brise de la Méditerranée quand tu goûtes ce thé ?

— Pourquoi votre ami vous a-t-il donné Bliss ?

Léonard a entrouvert les yeux, et ses rides se sont accentuées lorsqu'il a souri. Mais son sourire était en grande partie caché par sa tasse de thé.

— Tu poses beaucoup de questions, petite. Bois ton thé.

J'ai pris une gorgée en faisant attention. Léonard était connu pour préparer un thé tout sauf faiblard. J'ai dit :

— C'est bon.

— C'est délicieux, a-t-il corrigé. N'aie pas peur de le qualifier d'époustouflant, jeune fille. Goûte encore. Cette fois-ci, ferme les yeux.

J'ai suivi son conseil et j'ai pris une plus grosse gorgée. J'ai laissé le thé et toutes ses saveurs imprégner mon palais avant d'atteindre le fond de ma gorge. Le goût âcre, presque épicé, a explosé dans ma bouche, réveillant chacune de mes papilles endormies.

— Époustouflant, ai-je concédé.

Léonard a hoché la tête.

— Bon, alors, que deviens-tu ?

J'ai un peu hésité, mais le thé, le chalet ou Léonard ont fait leur miracle habituel et j'ai commencé à parler.

— Ma mère va se marier — se remarier — dans moins d'un mois avec un nouveau type, Cal. Angela, sa fille, vit avec nous maintenant. Ma mère lui a demandé d'être demoiselle d'honneur et elle est plutôt jolie.

— Toi aussi, m'a-t-il interrompue, mais je n'ai pas fait attention à ses paroles.

— Mon père est totalement dans le brouillard à propos de tout ça et il ne va rien y faire. Il pense que c'est à moi de voir.

Les mots déboulaient tout seuls de ma bouche.

— C'est comme la neige qui flotte dans les boules de Noël quand on les agite. On dirait qu'une grosse main tient mon monde et que, chaque fois que les débris commencent à se déposer au fond, la main fait tout bouger de nouveau.

J'ai secoué la tête et j'ai poursuivi :

— Tout se gâte comme une vieille salade de patates. En gros, ma vie est pourrie.

Léonard m'a regardée attentivement, tenant toujours sa tasse dans ses mains. Elles étaient ce qu'il y avait de plus étrange chez lui. Son visage était pratiquement dépourvu de rides, et ses cheveux, qu'il coiffait en queue de cheval, étaient presque encore tous noirs. Mais ses mains donnaient l'impression d'avoir toujours vécu.

— Bon.

Il s'est levé et a porté nos tasses jusqu'à l'évier. Il a ouvert les rideaux, et un rayon de soleil est venu illuminer le plancher abîmé.

— On va pêcher ?

Je me suis mise debout. Lorsque je suis passée à côté du petit cochon, je lui ai caressé le groin.

— La vie est tellement courte ! ai-je dit.

— Courte, mais infiniment riche, a répondu Léonard en ouvrant la porte pour moi.

J'ai fait le chemin en marchant à côté de lui et en tenant ma bicyclette rouillée. Il était très grand, et je devais lever la tête pour le regarder dans les yeux : c'était comme contempler un oiseau dans un arbre ou une étoile dans le ciel. J'aimais sa façon de ne jamais essayer de régler les problèmes, de m'écouter et surtout de dire les choses, même quand je ne le comprenais pas.

Mon père a paru content de le voir. J'ai pensé qu'il était peut-être soulagé d'avoir de la compagnie dans le bateau, après la conversation que nous avions eue dans la voiture et qui nous avait mis mal à l'aise. Ou peut-être que c'était moi qui étais soulagée.

Nous étions sur le point de quitter le quai lorsque Sam est arrivé en courant, les cheveux en bataille après sa sieste, son appareil photo autour du cou. Il tenait sa canne à pêche.

Papa et Léonard se sont mis à rire quand il s'est arrêté pile au bout du quai et qu'il a failli tomber la tête la première dans l'eau.

— Vous avez de la place pour moi ?

Il était hors d'haleine et essayait en vain de prendre un air nonchalant.

— Pousse-toi, Jes, m'a ordonné mon père.

J'ai obéi et je me suis tenue à la proue pendant que Sam avançait maladroitement dans le bateau.

— Pourquoi dois-je toujours me tasser ? ai-je grommelé même si j'étais contente qu'il vienne avec nous.

— Parce que tu es toute petite, a répondu Sam, et j'ai regretté d'avoir posé la question.

Dès que nous avons atteint un coin tranquille et jeté nos lignes à l'eau, j'ai senti que les problèmes qui me semblaient terribles plus tôt commençaient à s'estomper. Au moins, ici, tout était simple. Clair, logique et immuable.

Sam pêchait, prenait des photos et parlait sans cesse. J'ai ronchonné :

— J'ai l'impression de pêcher avec un écureuil.

Sam m'a prise par les épaules et a fait semblant de me jeter par-dessus bord, ce qu'il aurait très bien pu faire s'il avait été sérieux.

Je l'ai averti :

— Laisse-moi tranquille, sale rongeur.

J'ai vu mon père et Léonard échanger un regard amusé, et j'ai secoué les épaules pour me dégager.

Nous n'avons pas pris de poisson, mais nous avons mangé des sandwichs, rigolé et écouté Léonard raconter ce qu'il avait fait le mois d'avant.

Nous avons décidé de revenir à seize heures.

— Jes aura besoin de sa dose de lait au chocolat, non ? a dit mon père d'un air blagueur.

— Je n'en refuserai pas un, ai-je répondu.

— Moi non plus, a renchéri Sam, son appareil à la main, prêt à le déclencher.

Je me suis caché le visage, ce qui n'a pas empêché mon ami de me prendre en photo.

— Que fais-tu de toutes ces photos ? a demandé mon père.

Sam a haussé les épaules sans répondre. Un jour, il m'avait expliqué que ses clichés l'aidaient à donner un sens à la vie — une image à la fois.

— Sam, j'ai une pellicule que j'aimerais que tu développes pour moi si tu veux bien, a dit Léonard.

Sam a hoché la tête.

— Bien sûr. Toujours du noir et blanc ?

— Oui.

— D'accord.

Mon père était plus tranquille que d'habitude. Il rangeait les cannes et l'attirail de pêche, et il semblait à des années-lumière de nous. Sans faire de bruit, Sam l'a photographié de profil et, soudain, j'ai vu, comme lui, un homme perdu et seul au milieu des autres.

Au retour, nous nous sommes dirigés vers le rivage en silence. La journée avait été agréable. Ma peau était chaude et tendue à cause du soleil. J'étais sur le quai en train d'attacher le bateau quand un bruit de moteur est venu troubler le silence.

— Jes, Jes, tu es là !

— Je suis là, ai-je confirmé avant de me tourner pour voir qui c'était.

J'ai tout de suite reconnu Tim et sa chemise hawaïenne criarde qui embarrassait sa fille «jusqu'au plus profond d'elle-même». À côté de lui, sur le siège avant, se tenait Marshall, un sourire triste aux lèvres, comme il convenait à son personnage torturé. Je m'attendais à voir Dell et elle était là, dans un maillot de bain une pièce rouge vif. Mais je ne m'attendais pas à apercevoir la fille à ses côtés. Elle portait un short de surf et un tout petit t-shirt qui soulignait son ventre parfaitement plat. Ses cheveux flottaient sur ses épaules en vagues soyeuses.

Angela.

Chapitre 10

De toute évidence, Sam non plus ne s'attendait pas à la voir. Autrement, il aurait peut-être fait un effort pour éviter que la mâchoire lui tombe au milieu de la poitrine.

Tim a fait reculer le bateau jusqu'au quai. Les bulles et la fumée produites par le moteur ont laissé une pellicule sur l'eau, et j'ai vu Léonard faire une grimace. Dell et Angela me souriaient derrière leurs lunettes foncées. Mon amie m'a dit :

— Viens, nous allons à la corde de Tarzan. Tu as ton maillot, non ?

Puis, elle a ajouté :

— Sam, voici Angela… Angela, voici Sam.

Ses mots se télescopaient.

J'ai demandé sans parvenir à finir ma phrase :

— Quoi ? Quand est-ce que…

J'ai jeté un coup d'œil à Dell, puis à Angela, en souhaitant qu'elles enlèvent leurs stupides lunettes pour que je puisse déchiffrer autre chose que leur sourire idiot. Dell s'est lancée dans des explications confuses :

— Ma mère a dit à la tienne que nous allions au lac. Comme ta mère devait travailler, elle a pensé…

J'ai levé la main. Elle donnait trop d'explications, ce qui signifiait qu'elle savait que nous nous trouvions dans une situation de code bleu : «Je sais que c'est nul, mais je n'y pouvais rien.»

— Il faut que j'aide mon père à décharger le bateau et à nettoyer le…

Je me suis souvenue trop tard que nous n'avions pas pris de poisson.

— Je vais m'en occuper. Va rejoindre tes amis.

Léonard, mon seul allié, s'est dirigé vers la rive. Il a toujours été intimidé par Dell. Il donnait l'impression de ne pas trop savoir quoi penser d'elle. Sam a sauté dans le bateau sans demander son reste et s'est mis à bavarder avec Marshall tout en jetant des regards obliques vers Angela.

— Allez, Jes, sois cool, a dit Dell.

— Vous êtes déjà pas mal nombreux là-dedans.

— Il y a toujours de la place pour toi, a beuglé Tim sur un ton de commandement. Viens.

Tout en sachant que c'était une erreur, je suis montée dans le bateau et je me suis assise entre Angela et Dell. J'ai vaguement salué Angela. Elle souriait toujours, mais ses lunettes ne reflétaient que mon visage. Je me sentais comme une souris dans un champ de maïs. Même assis, tous les autres semblaient me dominer par leur taille.

Tim a fait tourner le moteur plus vite, et nous avons quitté le quai en tanguant. En quelques secondes, la silhouette de mon père, qui nous faisait signe de la main, a disparu.

C'était difficile d'avoir une conversation à cause du bruit, mais j'étais contente, car ça me permettait de rassembler mes pensées. Mes craintes se confirmaient : les mondes entraient en collision. Pourquoi avais-je pensé que cet endroit serait protégé, exclu de la réalité d'un univers en mutation ? Tout changeait.

Nous nous sommes approchés de l'endroit où se trouvait la corde de Tarzan. Le bateau a ralenti, puis s'est arrêté. Les garçons et Dell ont sauté par-dessus sa coque et aidé Tim à l'amarrer sur la partie sablonneuse de la berge. Nous nous sommes tous retrouvés sur le rivage. Tim nous a alors balancé son avertissement habituel :

— N'oubliez pas : quand on crie « maintenant », c'est maintenant qu'il faut lâcher la corde !

Puis, il s'est dirigé vers sa crique préférée pour y fumer un cigare, pensant qu'aucun de nous n'était au courant.

« Maintenant, c'est maintenant ! » J'entendais ça depuis que nous avions commencé à venir à la corde de Tarzan. Au début, le saut était supervisé par nos parents. La règle était que, quand Tim ou mon père criait « maintenant », il fallait sauter. Il ne fallait pas poser de questions ni faire preuve d'hésitation, sinon on risquait de tournoyer en arrière, vers la falaise et sa paroi déchiquetée. J'avais regardé je ne sais combien de fois les autres saisir la corde à nœuds, tendre leur corps, s'élancer dans le vide et, au «maintenant» collectif, se jeter à l'eau.

Quand j'étais revenue ici juste après la séparation de mes parents, j'avais senti dès que j'avais vu la corde se balancer que je ne sauterais jamais.

Lâcher prise, d'une façon ou d'une autre, c'est un peu comme mourir.

Sam et Dell étaient les premiers à grimper sur le sentier. Ensuite venait Marshall, suivi d'Angela et de moi.

Je me suis tournée vers elle :

— Tu n'es pas obligée de le faire.

Elle a hoché la tête.

J'ai entendu Dell crier «maintenant», et j'ai vu Sam s'envoler et atterrir en ligne droite dans l'eau en faisant un minimum d'éclaboussures.

J'ai murmuré :

— Frimeur.

— Pardon ? a dit Angela en regardant Sam, qui se trouvait en dessous de nous et qui nageait vers la rive.

— Rien.

— Bon, alors, où en es-tu avec ce gars, Sam ?

Elle avait arrêté de grimper.

— Qu'est-ce que tu veux dire ?

— Est-il libre ou est-ce une espèce protégée ?

— Une espèce protégée ?

— Ouais ; je veux dire, est-ce ton petit ami ?

— Non, pas du tout. Nous sommes juste amis.

— Tu es sûre ?

J'ai hoché la tête.

— Sérieusement, Jes, parce que, s'il t'intéresse, je le laisse tranquille. Je ne marcherai jamais sur tes plate-bandes.

J'ai réussi à sourire.

— Il ne m'appartient pas. Il est juste… Sam.

— Il est très mignon.

Elle a acquiescé en se remettant à grimper, puis elle a ajouté :

— Un peu gamin, peut-être. Mais il ferait un bon flirt pour l'été.

— Un flirt pour l'été ?

J'ai failli m'étrangler en entendant ses paroles.

— C'est juste une expression. Il a l'air gentil.

Flirt pour l'été ? Espèce protégée ? Beurk ! Ce mot me semblait convenir tout à fait à la situation.

En voyant la mâchoire volontaire d'Angela, j'ai su que la saison de chasse avait commencé et que Sam était la proie.

Quand nous sommes arrivées en haut de la falaise, Dell était prête à sauter.

— Je vous jure que toute ma vie défile devant moi chaque fois que je saisis cette corde.

Elle riait.

— On ne sait jamais quand ça va être son tour, a dit Marshall, qui tenait la corde pour elle.

— Bon, alors, tu ferais mieux de m'embrasser.

Elle lui a souri d'un air rêveur.

J'ai détourné le regard quand ils se sont embrassés. Puis, j'ai vu la silhouette rouge de Dell se profiler contre le bleu foncé du ciel, s'accroupir en position fœtale comme elle seule savait le faire et sauter.

J'ai entendu la voix de Sam derrière moi.

— Tu te lances aujourd'hui ?

J'ai répondu « pas aujourd'hui », comme à l'accoutumée, mais il m'avait déjà dépassée pour se diriger vers Angela. Elle avait défait la serviette qui entourait sa taille et se tenait au point le plus élevé, les bras croisés, prête à s'élancer. Sam a pris la corde qui se balançait encore après le saut de Dell. Il l'a tenue et a expliqué comment sauter en donnant un tas de détails fatigants. Angela l'écoutait en hochant la tête de temps en temps. Je les regardais malgré moi. En général, je ne pense pas au physique de Sam parce que, pour moi, il est juste Sam. Mais là, je n'ai pas pu m'empêcher de me dire qu'ils allaient bien ensemble, et une douleur fulgurante m'a transpercé le corps.

Dell a demandé à Sam :

— Tu as vu mon *splash* ?

— Dell, l'idée, c'est de ne pas faire d'éclaboussures. On veut éviter de vider le lac !

Accrochée à la taille de Marshall, elle a lancé d'un ton moqueur :

— J'aime quand ça éclabousse ! Je suis comme ça !

Sam s'est tourné vers Angela et a répété ses instructions. Angela hochait la tête comme si chacun de ses mots était un diamant étincelant au soleil.

Elle a dit d'un air radieux :

— Merci, Sam, tu es trop gentil.

Il a acquiescé en souriant d'un air béat. Pendant une seconde, j'ai senti une onde de jalousie m'envahir et j'ai détesté Angela de tout mon être. C'est venu comme ça, soudainement. J'ai éprouvé de la haine.

Angela a tiré la corde vers elle et, sans même regarder autour, elle a pris son élan et s'est jetée dans le vide. Nous avons tous crié : « Maintenant ! »

Elle a lâché la corde au bon moment mais, au lieu d'entrer dans l'eau les pieds en premier, elle a réussi à se retourner et à faire un plongeon. Ses mains, son corps, ses jambes et ses pieds ont pénétré dans l'eau en un mouvement fluide, causant à peine quelques éclaboussures.

Dell, Sam et Marshall l'ont regardée l'air stupéfaits, puis ils l'ont applaudie. Angela a sorti la tête de l'eau et a fait un signe de la main.

Elle a dit :

— Je suis ici.

Puis, elle s'est dirigée vers la rive en nageant. Ses mouvements étaient élégants et puissants.

Plus tard, Dell et Angela m'ont suppliée d'aller souper avec elles à la pizzeria, mais j'ai déclaré que mon père m'attendait. Sam les a suivies, et j'ai remarqué qu'il s'arrangeait pour s'asseoir à côté d'Angela dans la camionnette. Je les ai entendus rire quand la voiture a démarré.

La brise qui venait du lac m'a fait frissonner. J'ai regardé le soleil se coucher derrière la montagne, baignant la plage d'une lumière dorée. Puis, j'ai senti deux bras autour de moi. Pendant un bref instant, j'ai pensé que Sam avait changé d'idée.

— Jes, viens voir ma maison de souris, m'a dit Danny en plissant les yeux.

J'ai caché ma déception et j'ai laissé le petit garçon m'entraîner dans le bois. Après tout, je me fichais complètement que Sam soit allé manger avec Angela. Il pouvait bien partager une pizza avec Godzilla s'il en avait envie. Lui et moi étions juste amis.

Danny m'a tirée par la main en me parlant d'un certain Devon.

— Devon?

— C'est son nom.

— Oh, c'est un copain d'école?

— Non, une souris.

Oups!

— Tu la connais depuis longtemps?

Danny s'est mis à rire.

— Regarde, c'est là!

Il m'a montré du doigt un petit tipi qu'il avait construit avec des brindilles et de l'herbe. Il l'avait entouré d'une barrière faite de bâtons de *popsicle* et il avait éparpillé des morceaux de fromage sur le sol.

— Wow, Danny ! C'est formidable. Tu as fait ça tout seul ?

— Ouais. Henri voulait m'aider mais, comme il détruit toujours tout après, je ne lui ai jamais dit où le tipi se trouve.

J'ai regardé autour de nous pour voir où nous étions. Je n'y avais pas fait attention quand Danny m'avait entraînée dans le bois. Nous étions revenus à la clairière située derrière notre chalet. Le saule que nous avions planté il y a huit ans n'était pas loin. Au pied de l'arbre, j'ai reconnu la petite croix blanche d'Alberta dont la peinture s'écaillait. Tout près, on avait posé dans un vase des fleurs fraîchement coupées. Papa.

J'ai laissé Danny à côté de sa maison de souris. Je l'ai entendu essayer de faire sortir du bois l'insaisissable Devon en l'attirant à l'aide d'un morceau de fromage. En m'approchant de l'arbre, j'ai eu l'impression de me retrouver à l'époque de mes huit ans. Nous venions ici, tous les trois. Je nous revoyais — ma mère et mon père, enlacés, et moi marchant derrière. Les mots écrits sur la croix commençaient à s'effacer : Alberta Evelyn Miner-Cooper.

— Alberta ? C'est son nom ?

C'est ce que j'avais demandé, horrifiée, quand mes parents l'avaient ramenée de l'hôpital après sa naissance. Un prénom si laid pour un bébé aussi adorable !

— Tu t'y habitueras, avait promis ma mère en me serrant contre elle.

— Ta mère voulait lui donner le nom de l'endroit où elle a grandi. Tu as de la chance qu'elle ne soit pas née en Saskatchewan ni à l'Île-du-Prince-Édouard! avait ajouté mon père.

Ma mère lui avait donné un petit coup et nous avions ri.

— Elle va tellement t'aimer, Jessica! Tu sais, elle te prendra pour modèle et elle dira: «C'est ma grande sœur.»

Ma mère avait l'air particulièrement heureuse ce jour-là; elle rayonnait comme Mara un matin d'été sans nuages.

Je me suis assise par terre à côté de la croix et j'ai ramassé une feuille qui s'était posée sur la tombe.

— Jes, où… Te voilà!

Danny s'est avancé vers moi.

— Devon n'est pas là. Je me demande où il se cache.

J'ai haussé les épaules et je l'ai suivi jusqu'à la maison de souris.

— Il va venir bientôt, a déclaré Danny, sûr de lui. Il est très gros. Il n'a pas pu se perdre. Il est peut-être vieux. Il va peut-être avoir des bébés et ils vivront tous ici.

— Alors, il va avoir une femme aussi? ai-je dit pour l'agacer.

— Je suppose, a-t-il répondu à contrecœur tout en arrangeant les bâtons de *Popsicle*. Et nous viendrons les voir tous les ans, OK? Pour toujours?

Moi aussi, j'avais eu la certitude que certaines choses pouvaient durer toujours. Quand j'avais à peu près l'âge de Danny et que j'apprenais les chiffres, j'avais demandé à mon père quel âge il avait. Trente-huit, m'avait-il répondu. J'avais été impressionnée par ce chiffre comparé à mes modestes six ans.

J'avais demandé :

— Quand est-ce que les gens meurent ?

Il avait répondu un truc du genre : « Oh, ils peuvent vivre parfois jusqu'à cent ans. » Cent ans ! Pour moi, c'était l'éternité. Je m'étais dit que j'allais vivre à jamais.

À la mort d'Alberta, une des choses les plus difficiles pour moi avait été d'accepter que mon père s'était trompé. Les gens ne vivaient donc pas éternellement. Mon père ne m'avait pas menti. C'était pire : il ne savait pas.

Je le revoyais, effondré, appuyé contre le mur bleu de l'hôpital. Il était accroupi sur le sol, et ses mains couvraient son visage. J'avais quitté ma mère pour courir vers lui. Ç'avait été un choix déchirant.

J'ai senti une petite main se faufiler dans la mienne. Danny m'a regardée de ses yeux bleus.

— Tu es triste. C'est parce que ta petite sœur est morte ? Sam dit que, parfois, ça te rend encore triste et que c'est pour ça que tu regardes au loin quand tu es au lac.

J'ai enlevé la terre de mes genoux et ébouriffé ses cheveux blonds.

— Allons chercher Devon, d'accord ?

En le suivant dans le bois, j'ai remarqué la première étoile dans le ciel. C'était le crépuscule. J'aurais aimé que Sam soit avec moi.

Chapitre 11

— Tu ne pourrais pas faire un effort et être plus gentille avec elle, Jes ?

Ma mère a froncé les sourcils tout en prenant mes mesures pour la couturière.

Je n'ai rien dit. D'une part, je m'efforçais de rentrer mon estomac pour avoir la taille plus fine ; d'autre part, si j'avais répondu, j'aurais sorti quelque chose de méchant. Et puis, j'essayais toujours de me faire pardonner ma remarque de l'autre jour à propos du rouleau de pièces de monnaie.

J'ai réussi à murmurer :

— Je suis gentille.

— Tu es gentille, mais tu serres les dents. Et arrête de rentrer ton estomac comme ça, sinon tu seras obligée de marcher toute la journée comme une jeune fille corsetée du XIXᵉ siècle.

— Ça, c'est tout à fait moi, ai-je répliqué.

Nous avons ri toutes les deux et, pendant un instant, c'était comme si nous étions revenues en arrière. Ce n'était pas entièrement comme avant, mais comme quand mon père avait quitté la maison. C'était très triste ; en même temps, j'étais soulagée. Je n'avais plus à me demander quand la prochaine dispute allait éclater ou, pire encore, quand la prochaine «vague de froid» allait nous tomber dessus.

Après le divorce, ma mère et moi avions pris de nouvelles habitudes. Nous regardions des films, nous mangions du popcorn pour le souper et nous passions beaucoup de temps sur le canapé, assises l'une à côté de l'autre. Nous vivions un grand changement mais, au moins, nous étions ensemble.

Quand Cal était arrivé, le changement avait été encore plus important. Ma mère s'était installée dans une autre vie et, depuis, je la regardais s'éloigner.

Sa voix m'a ramenée à la réalité.

— Après tout, Jes, je pense qu'elle essaie très fort de se tailler une place parmi nous.

Ouais, Angela se construisait bel et bien une place parmi nous. La semaine d'avant, je l'avais trouvée au téléphone avec Dell — même si Dell m'avait rapidement expliqué qu'elle avait appelé pour me parler — et, l'autre jour, quand j'étais rentrée après avoir gardé Lucie, elle jouait au basket dans la cour arrière avec Sam et mon ballon.

J'ai expliqué faiblement :

— C'est juste qu'elle prend trop de place.

— Tu sais, elle n'a pas eu la vie facile avec sa mère. Pendant des années, celle-ci l'a empêchée de voir Cal.

— Pourquoi?

Peut-être que Cal était un revendeur de drogue…

— Le divorce s'est mal passé, a répondu ma mère.

Ma mère aime faire la distinction entre les divorces qui se passent mal et ceux qui se passent bien. Je ne sais pas combien de fois je l'ai entendue se vanter que le sien avait été facile. Le mariage de mes parents avait été un échec, mais ils avaient réussi leur séparation.

— Je crois qu'elle a besoin d'une amie.

Ma mère a posé le ruban à mesurer sur ma jambe et l'a tiré jusqu'au plancher.

— Nous n'avons rien en commun.

J'aurais pu ajouter: «Rien, sauf Sam et peut-être Dell.»

— Fais un effort, essaie.

— Quand je serai morte, je veux qu'on m'enterre dans un centre commercial.

Angela m'a annoncé ça tandis que nous franchissions les grandes portes tournantes de la galerie marchande. Ma mère nous avait déposées pour que nous puissions acheter des chaussures. Elle devait nous retrouver une heure plus tard pour le repas du midi.

J'ai regardé le visage d'Angela pour voir quel genre d'expression elle arborerait après une telle déclaration. Sa tête était penchée vers l'arrière, et elle respirait profondément, comme quand j'arrive au lac au début de l'été.

— C'est tellement propre, organisé et plein de promesses, tu ne trouves pas? a-t-elle poursuivi tout en promenant ses longues jambes au milieu de l'atrium, d'où partaient toutes les allées comme les tentacules d'un calmar géant.

— Plein de promesses ?

J'essayais en vain de la suivre. Elle a ralenti un peu.

— Oui. On dirait que tout ce dont on a besoin est ici. Il ne reste qu'à le trouver !

Puis, en balayant les lieux du regard, elle a ajouté :

— Mais je changerais l'éclairage, c'est sûr.

Je me suis passé la main dans les cheveux, déroutée comme toujours par la multitude de boutiques aux vitrines identiques.

Angela ne semblait pas attendre de réponse de ma part. Elle a consulté le répertoire du centre commercial, posant comme une experte son long index sur le petit carré rassurant indiquant « Vous êtes ici ».

— Bon, alors, nous allons commencer là, regarder les accessoires, puis passer aux chaussures, aux bas et aux collants, et finir par les soutiens-gorge. C'est très important d'avoir un bon soutien-gorge, non ?

— Bien sûr ! ai-je dit sérieusement.

Elle m'a prise par le bras et m'a tirée vers un grand magasin à rayons. Nous nous sommes arrêtées devant le comptoir des bijoux. Une vendeuse qui semblait avoir été maquillée par un croque-mort fatigué nous a demandé si elle pouvait nous aider. Angela a fait son sourire de star et a répondu que nous nous contentions de regarder.

— Tu ne trouves pas que celles-ci iraient vraiment bien avec ma robe?

Elle a approché une paire de boucles d'oreilles scintillantes de son visage.

J'ai acquiescé en haussant les épaules. Elle a poursuivi:

— Peut-être qu'il vaudrait mieux porter des perles. Ce serait le choix le plus sage, je suppose. Difficile de savoir.

Elle parlait d'une voix douce, recueillie, comme si elle devait décider de débrancher ou non la machine maintenant en vie sa grand-tante Ethel.

J'ai déclaré:

— Je vais m'asseoir une seconde. Prends ton temps.

Je me suis dirigée vers un fauteuil et je me suis enfoncée dedans. J'avais l'impression d'avoir erré dans le désert pendant des heures. Il me fallait de l'eau.

J'ai posé mes coudes sur mes genoux. J'étais une vraie lavette. Il fallait que je me ressaisisse.

— Bon, allons-y, a dit Angela d'un air impatient en se matérialisant soudainement devant moi.

Elle m'a pratiquement projetée hors de la boutique et m'a tirée quand je me suis arrêtée pour regarder des chaussures de course.

— Tu es bien pressée, ai-je marmonné.

Elle n'a pas répondu ni prononcé un seul mot avant que nous nous soyons suffisamment éloignées du grand magasin. Puis, elle s'est assise sur un banc et s'est éventé le visage avec la main.

— J'ai eu chaud. Tu as vu la vendeuse me surveiller ? J'ai cru qu'elle m'avait repérée.

J'ai répondu bêtement :

— De quoi parles-tu ?

Angela a regardé furtivement autour d'elle, avant de sortir quelque chose de la poche de sa veste. Les boucles d'oreilles m'ont fait un clin d'œil. Puis, Angela les a remises au fond de sa poche.

J'ai dit d'un ton sifflant :

— Tu les as volées ?

Ses yeux ont lancé des éclairs.

— Chut ! tu veux que les gardiens de sécurité nous entendent ?

J'ai secoué la tête comme si c'était la dernière chose que je désirais. Comme si j'avais l'habitude d'éviter les gardiens de sécurité !

Nous avons traversé le centre commercial en silence. Elle a fini par dire :

— C'est juste pour m'amuser. Pour la rigolade, pour faire des folies... C'est très distrayant, tu sais.

— Tu voles pour t'amuser ?

Ses sourcils se sont relevés rapidement, et son visage a changé.

— C'était stupide. Tu as raison. Je suppose que je voulais t'impressionner. Je vois que ça n'a pas marché.

Elle s'excusait presque.

Je me sentais mal à l'aise. La vérité, c'est que son culot m'impressionnait. Ce qu'elle venait de faire nécessitait une certaine dose de courage.

J'ai répliqué :

— C'est juste que ce n'est pas bien.

Une fois les mots sortis, ils ont eu l'air stupides et naïfs.

— Évidemment que ce n'est pas bien, Jes ! C'est pour ça que je le fais.

Elle s'est penchée en avant et a sorti les boucles d'oreilles de sa poche. Elles brillaient dans le creux de sa main.

— Il y a beaucoup de choses dans le monde qui ne sont pas bien, non ?

J'ai pensé à l'accident d'Alberta, à ce moment qui avait brisé nos vies.

Angela a continué :

— Tu vois, quand tu voles, tu obtiens ce que tu veux. Bien sûr, tu as peur, mais c'est ce qui est excitant. D'oser quand même.

Elle rendait ça logique. Presque noble.

— Écoute, ce n'est pas comme si je volais régulière-ment. Et je ne le ferai plus. Pas si ça te rend mal à l'aise.

Elle a ouvert très grand ses yeux verts.

— Sérieusement, Jes. Je veux que ça marche entre nous. Je t'aime bien.

C'était vraiment bizarre. Elle venait de voler une paire de boucles d'oreilles et j'avais l'impression que c'était moi qui ne me montrais pas raisonnable. C'était à cause de son visage. Il était tellement beau ! On aurait presque pu la croire incapable de mentir. Et ce n'était pas juste moi. Tous les gens qui se trouvaient dans le centre commercial la regardaient. Ils ne pouvaient pas s'en empêcher. Leurs yeux ne s'attardaient pas sur moi : j'étais invisible. Ils ne voyaient qu'elle. Sa prestance les paralysait, les arrêtait. Mais ce qu'elle avait fait — voler — ne correspondait pas à l'impression favorable qu'elle donnait. Les deux n'allaient pas ensemble. Je le savais. Même si elle était coupable, c'était difficile de ne pas croire en son innocence quand on regardait son visage parfait. C'était comme si on voulait se convaincre qu'elle était aussi belle à l'intérieur qu'à l'extérieur.

— Alors, tu n'as jamais rien volé ? m'a-t-elle demandé tandis que nous sortions pour retrouver ma mère.

J'ai secoué la tête.

— Eh bien, je t'admire !

Je me suis tournée pour voir si elle était sérieuse. Elle était de profil, légèrement penchée, comme la princesse Diana quand elle voulait entendre ce que lui disait un roturier. J'avais l'impression d'être un troll à côté d'elle, et j'ai grogné quelque chose comme : «Hum, eh bien ! c'est, tu sais…» Une réponse typique de troll.

Elle a insisté :

— Non, c'est vrai.

Évidemment, elle parlait la langue des trolls. Forcément. Elle avait probablement un doctorat en «études comparatives des trolls et des monstres bicéphales» simplement pour pouvoir communiquer avec le commun des mortels. Je me sentais vraiment mesquine. Toute cette jalousie sortait de moi comme une masse verte et visqueuse.

Le reste de notre virée de magasinage a passé comme un éclair. Nous avons acheté des chaussures à talons hauts et de tout petits sacs à main dans lesquels il était à peine possible de glisser un tube de rouge à lèvres et un demi-Kleenex. Angela a même convaincu ma mère d'acheter un maillot de bain deux pièces. «Mais non, Elli, tu n'es pas trop vieille! Tu es fabuleuse», lui a-t-elle assuré. Tout ce léchage de bottes était insupportable. J'avais l'impression de magasiner avec un tamanoir.

Lorsque nous avons eu fini, ma mère et Angela étaient radieuses. Elles avaient les joues rosies par la chasse, par le plaisir d'avoir trouvé l'introuvable. Pour ma part, j'étais crevée, et tout ce que j'ai pu faire, c'est m'affaler sur le siège arrière quand nous avons enfin trouvé notre voiture.

Elles ont bavardé et rigolé pendant tout le trajet jusqu'à la maison, se félicitant mutuellement de leurs achats.

— Et toi, Jes? Tu aimes les chaussures? m'a demandé ma mère.

J'ai répondu:

— Je suis tellement... C'est difficile d'expliquer ça avec des mots.

— Oh, toi ! a-t-elle dit en soupirant.

Puis, elle a ajouté à l'intention d'Angela :

— Elle est comme son père ; elle pense qu'elle n'a besoin de rien d'autre que d'une paire de chaussures de sport et de sandales.

«Elle est comme son père.» Hummm ! Mon père n'était plus là. Pas besoin d'être super-intelligente pour comprendre ce que cela signifiait. Pas besoin d'être une psy.

Je me suis appuyée contre la portière. J'avais l'impression que tous mes os avaient mariné dans du vinaigre. Si je trouvais le magasinage fatigant, la jalousie, elle, m'épuisait.

Chapitre 12

De retour à la maison, je me suis faufilée dehors jusqu'à la cabane de jeu. Même s'il fallait que je me courbe pour passer la porte, il y avait encore assez de place pour moi à l'intérieur. J'aimais venir ici.

C'est mon père qui avait construit cette cabane. Ma mère l'avait aidé même si elle était alors « très enceinte ». Je revois son ventre rebondi. Elle passait une planche ou quelque chose du genre à mon père tandis qu'il terminait le toit, et moi, j'étais assise à l'intérieur et j'attendais qu'ils aient fini. Je m'installais dans un coin avec mes peluches et je dessinais sur les murs avec des craies de couleur. Ma mère appelait ça faire son nid. Nous préparions tous notre nid pour le bébé. Je me souviens que son ventre remplissait presque l'embrasure de la porte et que ça me faisait plisser les yeux. J'avais imaginé que le bébé à l'intérieur me regardait. Comme j'avais vu l'échographie, je savais que ma petite sœur était là et je prétendais qu'elle me faisait des grimaces — j'étais persuadée que ce serait une fille. À un moment donné, je lui avais fait une grimace, moi aussi, et elle avait dû donner un coup de pied, parce que ma mère avait instinctivement posé sa main sur son ventre. Je l'avais entendue rire, et elle avait dit quelque chose à mon père d'une voix douce et légère comme l'eau d'une cascade. Mais je savais que c'était à moi que le bébé faisait signe.

Une larme a glissé sur ma joue. Au moment où je l'essuyais, un visage est apparu dans la petite fenêtre.

— Je peux venir jouer avec toi ?

La voix de Dell a empli tout l'espace.

— Si tu réussis à entrer.

J'étais contente de la voir. Mon sentiment de solitude a disparu quand elle s'est pliée en deux pour s'asseoir près de moi.

Elle m'a demandé :

— Tu te souviens quand nous jouions ici avec nos Barbie ?

— Ouais.

— Je voulais qu'elles aillent au bal des finissants et aux fêtes…

— Moi, je les faisais s'enrôler dans l'armée et se battre pendant la guerre du Golfe !

Nous avons ri toutes les deux.

— Tu étais tellement autoritaire ! a dit Dell.

— Moi ? Toi, tu exigeais que leurs chaussures soient coordonnées à leur uniforme. Tu voulais qu'elles fassent la guerre en talons hauts !

— On n'est jamais trop bien habillée.

— Tu parles comme ta mère.

— Aïe ! (*Dell a mis la main sur son cœur comme si elle était mortellement blessée.*) Au fait, qu'est-ce que tu fiches ici ?

— Ma mère et Angela ont pris le contrôle de la maison. J'appelle ça la tempête du mariage. Vraiment, Dell, tu devrais voir ça !

Elle a haussé les épaules.

— Ça a l'air plutôt amusant. Les mariages, c'est tellement romantique !

Son regard s'est fait plus doux et alangui. Elle devait penser à Marshall. J'ai enchaîné :

— Tes Barbie finissaient toujours par se marier.

— Et les tiennes se levaient continuellement pour protester lorsque le pasteur demandait : « Quelqu'un a-t-il des objections à formuler ? » Hum, c'est intéressant, tu ne trouves pas, Jes ?

Je me suis affalée sur le sol dur en grommelant :

— Oh, s'il te plaît ! Pas d'analyses !

— Ce que je veux dire — sa voix est devenue plus aiguë, puis a retrouvé son niveau normal —, c'est qu'un de ces jours il va falloir que tu te fasses à cette idée.

Je me suis rassise.

J'ai demandé :

— Tu ne trouves pas curieux que, à chaque fois qu'un couple se forme dans les contes de fées et est censé vivre heureux jusqu'à la fin de ses jours, c'est là que s'arrête l'histoire ?

— Et alors ?

— Et alors ! Alors, Adèle, l'histoire ne commence *jamais* avec le prince ou je ne sais qui d'autre portant la mariée dans ses bras pour lui faire franchir le seuil de leur maison. Ce que je veux dire, c'est qu'on ne les *voit* jamais vivre heureux jusqu'à la fin de leurs jours.

Dell a grogné.

— Je suis sérieuse, ai-je poursuivi. Aucun conte de fées ne montre cette partie-là. (*Ma voix est montée d'un cran.*) C'est ce qu'on veut nous faire croire. Mais c'est une énorme conspiration !

— Et qui sont les conspireurs… les conspirateurs… peu importe ?

— Je ne sais pas. Hans Christian Andersen, les frères Grimm, la Mère l'Oie ! Ceux qui écrivent ces histoires, Disney… Ce que je veux dire…

Ma voix a faibli.

— Bon, alors, c'est quoi ?

— Vivre heureux jusqu'à la fin de ses jours, c'est impossible.

— Chou !

J'ai souri. Dell disait toujours ça quand elle ne trouvait rien d'autre à répondre.

— Tu es une vraie rabat-joie, je te jure ! Tu es le Grincheux de l'amour. Le Grincheux qui a volé la fin heureuse des contes de fées !

— Tu me prends pour Dr Seuss?

— Peu importe. En tout cas, Angela a dit que vous aviez trouvé des chaussures fabuleuses, alors il faut peut-être que tu révises à la baisse tes attentes en matière de contes de fées. Tu sais ce que dit toujours ma mère : ce sont les chaussures qui font le vêtement.

— Tu as parlé à Angela? *(Un pieu d'acier venait de me transpercer le cœur.)* Quand ça?

— Oh!

Elle a cessé de sourire et a eu l'air coupable, ce qui a agrandi le trou que j'avais à l'intérieur. Elle a voulu se justifier :

— Tout à l'heure. J'ai appelé pour te parler, mais c'est Angela qui a répondu.

Elle donnait trop d'explications. Ça aggravait mon malaise au lieu de me réconforter.

— C'est correct, non?

— Bien sûr. Elle t'aime bien. Elle pense que tu es cool.

— Il n'y a pas de quoi en faire tout un plat, Jes. Ce n'est pas comme avec Sara.

Quand nous étions plus jeunes, une fille qui s'appelait Sara avait commencé à se tenir avec nous. Nous l'aimions beaucoup, toutes les deux. Elle était exubérante et drôle mais, comme nous devions le découvrir plus tard, c'était la plus grande menteuse de tout l'hémisphère nord. Nous faisions tout ensemble et, au début, nous nous amusions énormément. Puis, elle avait commencé à me dire de petites choses sur Dell quand celle-ci n'était pas là et j'avais appris par la suite qu'elle faisait la même chose avec Dell. Au début, cela semblait plutôt innocent. Mais elle s'était mise à dire des trucs comme : « Je ne devrais peut-être pas te le répéter, mais je crois que tu devrais le savoir… Dell pense que tu es vraiment trop garçon manqué. » Ou bien : « Jes dit que tes histoires ne valent pas grand-chose, Dell. » Des trucs comme ça. Nous nous étions presque fâchées, Dell et moi, jusqu'à ce que nous nous décidions à en parler. Quand, finalement, nous avions abordé le sujet avec Sara, elle avait tout nié. Elle avait rétorqué que nous étions de pauvres filles et elle était partie retrouver Alice Birch, sa nouvelle amie. Nous nous étions dit : « Bon débarras ! » Mais nous avions frôlé la catastrophe.

J'ai souri, soulagée.

— Je sais. Tu as raison. J'essaie de m'habituer à elle, c'est tout.

— Ça doit être assez bizarre, a concédé Dell pour me réconforter. Mais tout n'est peut-être pas si déplaisant. Elle est plutôt amusante.

Dell a essayé, sans succès, de se tenir debout.

— Viens, je suis vraiment à l'étroit ici.

— Vas-y. Je te rejoins dans une minute.

— Tu es sûre ?

— Ouais. Je veux juste voir si Sam est là.

Son visage s'est éclairé.

— Bonne idée !

Je suis sortie de la cabane de jeu derrière elle. J'ai levé mon bras et je lui ai dit :

— Ne recommence pas !

Au soleil, elle a étiré ses longues jambes.

— Je veux juste te dire… quand est-ce qu'il doit enlever ses broches ? Fais attention !

J'ai soupiré et poussé une planche branlante pour me faufiler dans la cour arrière de Sam. Tout en marchant vers sa maison, j'ai entendu le rire de Dell. Elle se trompait complètement au sujet de Sam et moi, mais rien de ce que je pouvais dire ne réussirait à la faire changer d'avis.

— Hé, Jes !

Danny était dans son bac à sable et construisait, en plus petit, le même château qu'au lac.

— Maman et moi, nous bâtissons un donjon. Tu peux nous aider si tu veux.

Amber était étendue sur une chaise longue à côté de lui. Avec son parasol, son thé glacé et un livre ouvert sur la poitrine, elle ne semblait pas très active.

— On dirait que ta mère contrôle parfaitement la situation, ai-je dit en blaguant.

J'ai aperçu les yeux d'Amber entre le rebord de son chapeau et ses lunettes de soleil.

— Je supervise.

— Sam est ici ?

— Il est dans sa chambre noire, mon chou. Frappe avant d'entrer.

— Je connais la procédure à suivre. Merci.

Je suis entrée dans la maison et j'ai descendu l'escalier menant au sous-sol. J'ai donné deux coups secs, distincts, sur la porte. Sam a répondu en frappant une fois. Il y a eu une pause, puis deux autres coups. J'ai cogné trois fois successivement. C'était notre code mais, aujourd'hui, ça m'agaçait. Comme il terminait le code, j'ai crié :

— Laisse-moi entrer !

La porte s'est entrouverte. Il a lâché :

— Tu es de mauvaise humeur.

— On m'a déjà comparée au Grincheux et on m'a forcée à acheter des chaussures à talons hauts. Rien ne peut plus m'atteindre.

Il a tendu la main et ébouriffé mes cheveux comme si j'étais un caniche.

— Tu es tellement sauvage !

— Tu peux le dire, ai-je rétorqué avec brusquerie.

Puis, j'ai vu les photos qu'il était en train de développer.

— Sam, elles sont magnifiques.

Comme d'habitude, j'étais impressionnée par son talent.

— Elles sont pas mal. Tu trouves aussi, alors ?

Il y avait de la fierté dans sa voix et du doute. J'aimais ce mélange.

J'ai regardé les clichés de plus près — ils montraient encore le lac. Sam l'avait photographié une multitude de fois depuis qu'il avait commencé à faire de la photo, dix ans plus tôt. Et il s'améliorait avec le temps. Il réussissait à en capter toutes les humeurs : plat et immobile, violet et scintillant, gris et féroce pendant une tempête d'été… Je ne me lassais jamais de regarder ses photos.

J'ai murmuré :

— Oh, Sam !

— Ouais, ouais, a-t-il répondu, l'air à la fois embarrassé et content. Regarde celle-ci. Elle fait partie de ma série «Jes avec une casquette de baseball».

Il m'a tendu une photo de 20 centimètres sur 25 centimètres prise le jour où nous étions allés à la pêche.

C'était un portrait. Mes yeux étaient assombris par le bord de ma casquette. Tout autour, il y avait un magnifique ciel bleu de cobalt. J'avais oublié que ç'avait été une très belle journée. J'avais l'air heureuse. Cette photo m'a vraiment plu.

Je la lui ai rendue.

— C'est bien moi. Mais comment fais-tu ? Quand ma mère me prend en photo, on dirait toujours que je suis quelqu'un d'autre.

Il a haussé les épaules.

— Parfois, tu te figes, surtout quand on te demande de sourire. Tu n'aimes pas qu'on te dise quoi faire. Alors, tu «quittes ton corps». Je ne sais pas où tu vas.

— OK, OK. (*J'ai ri.*) C'est quoi ? Le jour où on analyse Jes ? Vous vous êtes parlé, Dell et toi ?

— Tu es tellement mystérieuse !

— Et toi, tu dis n'importe quoi.

153

Puis, j'ai vu une photo qu'il avait prise de mon père.

— Elle est sèche ?

Sam a hoché la tête.

J'ai enlevé la pince et j'ai pris le portrait. Sam avait photographié mon père sans que celui-ci ne s'en rende compte et n'affiche le demi-sourire qu'il arborait habituellement sur les photos. Le bleu du ciel et de l'eau qui l'entourait rendait ses yeux bleu vif encore plus éclatants. Mais la tristesse de son regard m'a arraché un soupir. J'avais du mal à le regarder ; en même temps, je ne pouvais m'en empêcher. On avait l'impression de pouvoir lire jusqu'au plus profond de son âme.

Sam s'est contenté de dire :

— Je sais.

Et j'ai senti que c'était vrai.

— Je te la donne, a-t-il ajouté.

Je n'étais pas certaine de la vouloir, mais je l'ai prise. Je n'avais pas envie qu'elle tombe entre les mains de quelqu'un d'autre. Je la glisserais au fond d'un tiroir. Comme ça, je n'aurais pas à la regarder de nouveau.

Sam l'a mise dans une enveloppe et me l'a tendue.

— Tiens, ça évitera les plis. Est-ce que ton père et toi allez à la fête du maïs ?

— Oui, je pense. C'est la fin de semaine prochaine ?

Il a hoché la tête, puis il s'est occupé d'une photo qui trempait dans le bac.

— L'été passe si vite ! ai-je dit en regardant par-dessus son épaule.

Il a bougé un peu. Je ne voyais rien à cause de ses larges épaules.

J'ai essayé de passer devant lui.

— Qu'est-ce que c'est ? Que veux-tu m'empêcher de voir ?

Quelquefois, être petit a des avantages. J'ai réussi à me faufiler. J'ai regardé et là, j'ai vu un gros plan d'Angela. Il était un peu brouillé à cause du bain de trempage. Elle était debout sur la falaise et elle contemplait le lac.

— C'est une bonne photo, ai-je dit en pensant faire preuve de générosité.

Il s'est empressé de préciser :

— Ouais. J'en ai de bonnes de Dell et de Marshall aussi. Tu as envie de les voir ?

— Pourquoi ne voulais-tu pas me montrer celle-là ?

Sam a eu l'air embarrassé — peut-être même qu'il a rougi. La lumière dans la pièce étant très faible, c'était difficile de le savoir.

Il a marmonné :

— Je m'en moque... elle n'est pas finie.

J'ai insisté :

— Tu t'en moques ou elle n'est pas finie ?

« Laisse tomber », aurait dit Dell. J'ai pensé : « Fiche-moi la paix, mon amie. »

Sam a tendu les mains, les paumes vers le haut.

— Je ne sais pas, Jes. Tu es tellement... bizarre avec elle !

J'ai eu l'impression de recevoir un coup de poing dans l'estomac. Je me suis retournée. Il fallait que je sorte de là.

— Non, ne pars pas, s'est-il écrié. Ce n'est pas ce que je voulais dire.

— Si, c'est exactement ce que tu pensais. N'aggrave pas les choses en mentant !

— En mentant ? Lâche-moi un peu, Jes !

J'ai posé mes doigts sur le bouton de la porte. Il a mis sa main sur la mienne pour m'empêcher de l'ouvrir.

Là, j'ai éclaté. Je me sentais piégée. Je l'ai repoussé et j'ai ouvert la porte avec force.

J'ai crié :

— Eh bien, je vais te lâcher ! Tout le temps que tu voudras !

Je l'ai entendu claquer la porte. J'aurais voulu qu'il me suive. J'ai ralenti, attendu, mais seul m'a répondu le silence du sous-sol, le ronron de la chaudière et le bourdonnement de la machine à laver.

— C'était rapide, a dit Amber quand je suis sortie par la porte arrière. Est-il plongé dans son art ?

J'ai marmonné :

— Quelque chose comme ça.

Elle m'a demandé :

— Veux-tu du thé glacé ou une boisson gazeuse ?

— Non, il faut que je rentre à la maison. Dell m'attend.

— Tiens-moi compagnie, Jes. Danny est parti avec cette petite fille qui habite dans la rue… la fille Kennedy.

— Lucie ?

— C'est ça. Cela devait arriver tôt ou tard, je suppose, il va falloir que je m'y habitue, a-t-elle lâché en buvant son thé.

Je me suis assise dans un coin du carré de sable et j'ai tapoté distraitement le château de Danny.

— C'est pour ça que je voulais une fille, a-t-elle poursuivi. Elles ne partent pas tout à fait de la même façon. Mais je suppose que mon destin était d'élever des garçons.

J'ai répondu :

— Je suppose.

J'ai mis du sable dans un seau et je l'ai mouillé avec le pistolet à eau de Danny. Puis, j'ai retourné le seau pour faire un pâté de sable parfait.

— Ta mère est pas mal occupée ces temps-ci.

— Ouais.

— Elle me manque un peu.

— Mais vous vous parlez tout le temps !

— C'est différent, maintenant.

— Je sais.

J'ai remis du sable dans le seau.

— Cal est gentil. Je l'aime bien, a dit Amber en se versant du thé glacé.

Elle m'a redemandé :

— Tu n'en veux pas ? Tu es sûre ?

J'ai secoué la tête.

— Est-ce que tu l'aimes ? m'a-t-elle demandé.

— Bien sûr. Je n'ai pas de raisons de ne pas l'aimer.

Je ne voulais vraiment pas la suivre dans cette voie-là. J'aurais tout aussi bien pu vider l'information dans un entonnoir menant directement à ma mère.

— Jes, tu peux me parler si tu veux. Je ne suis pas si bavarde que ça.

J'ai demandé :

— Est-ce que toutes les mères peuvent lire dans les pensées ?

— Bien sûr. C'est dans le manuel. C'est l'une des premières choses que l'on apprend après la cérémonie des couches et les techniques du rot.

Je me suis étirée sur l'herbe.

— Ce n'est pas lui, Amber. Je veux dire que ce n'est pas un pervers ni rien qui ressemble à ça.

— Quel compliment merveilleux !

— C'est juste que tout est différent. Maman est différente… Nous sommes différents…

Ma phrase est restée en suspens.

— Comment ça ?

— C'est arrivé si brusquement ! Un jour, nous étions «nous», et puis, soudain, tout a changé.

J'avais l'impression que mes paroles n'avaient pas de sens, mais Amber a hoché la tête.

— Je sais. Un jour, elle avait besoin de nous et puis, après, c'était fini.

Ses yeux étaient cachés par ses lunettes de soleil.

— Tout change, Jes. C'est la vie. Il faut parfois abandonner l'idée qu'on se fait des autres pour voir qui ils sont vraiment, ce qu'ils deviennent. Même si c'est difficile de lâcher prise.

C'était décevant. Et déroutant. J'ai renversé le seau, et le sable a essayé pendant une seconde de conserver sa forme. Mais il n'était pas assez mouillé et il s'est effrité.

J'ai essuyé mes mains sur mon pantalon, et des restes de sable sont tombés.

— Je dois y aller.

— Tu peux m'appeler quand tu veux.

J'ai entendu Amber dire ça tandis que j'écartais la barrière en bois. Un bout de vigne vierge m'a effleuré le visage, et j'ai senti son parfum léger quand je suis passée dans notre cour.

Chapitre 13

Lorsque je suis entrée dans ma chambre, Dell demandait à Angela :

— Alors, c'est comment, la vie en Californie ?

Elle m'a saluée d'un : « Hé, Jes ! » quand elle m'a vue.

J'ai répondu « Hé » tout en glissant l'enveloppe
contenant la photo de mon père dans le tiroir de ma
table de chevet. J'espérais que Dell ne remarquerait
rien. Je n'avais pas à m'en faire, car toute son attention
était concentrée sur Angela.

— C'est formidable, a répondu celle-ci en fronçant
légèrement les sourcils et en se penchant pour vernir les
ongles de ses orteils.

— Un jour, j'écrirai un scénario, a dit Dell.

Angela a levé la tête et lancé :

— Moi, j'ai déjà joué dans un film.

— Quoi ? Sans blague ?

Les yeux de Dell se sont agrandis.

Angela a souri brièvement comme si elle détenait un secret fabuleux.

— Dans deux films même. Je faisais simplement de la figuration, mais c'est un début. Je veux être une actrice, une Bond Girl.

— Wow! C'est intéressant, n'est-ce pas, Jes?

Dell était assise en tailleur par terre et elle contemplait Angela. On aurait dit une élève studieuse aux pieds d'un maître de kung-fu.

— Raconte!

— Eh bien! dans un des films, je faisais juste de la figuration; mais, dans le plus récent, j'étais sur les gradins pendant une course de chevaux, et l'acteur-vedette se trouvait à moins d'un mètre de moi.

— C'était qui? a demandé Dell tout excitée.

Angela a fait une pause.

— Tu connais Chad Grimes?

Dell a blêmi.

— Ce n'est pas vrai!

Angela a souri.

— Euh, qui est-ce? ai-je demandé, curieuse.

— Oh, Jes!

Dell s'est tournée vers moi. Ses boucles rousses lui ont balayé le visage.

— Il joue dans *Les feux de l'amour.*

— Euh…

— Un feuilleton à la télé. C'est le type le plus mignon de la série. Dark Lansing.

J'ai ri.

— Dark ? C'est comme ça qu'il s'appelle ? Dell, je suis sûre que tu aurais trouvé mieux que ça !

Elle n'a pas répondu.

— L'an dernier, il a joué le rôle de jumeaux. Dans l'histoire, un jumeau diabolique kidnappe son gentil jumeau, vole son identité et commence à vivre avec sa femme. Celle-ci finit par se douter de quelque chose, mais elle devient amnésique et tombe amoureuse de lui pour de bon.

— Il a vraiment du talent, a affirmé Angela d'un ton sérieux, en appliquant une deuxième couche de vernis sur ses ongles.

— Tu lui as parlé ? a demandé Dell.

— Non. Nous n'avions pas le droit d'adresser la parole aux talents.

J'ai lancé :

— C'est comme ça qu'on les appelle ? Les talents ?

— Ouais. Il me regardait, et ça a vraiment inspiré mon jeu.

— Que fallait-il que tu fasses ? a demandé Dell.

— Nous assistions à une course de chevaux et nous devions pousser des cris d'encouragement. Quand ç'a été mon tour, j'ai tout fait pour qu'il me remarque, a-t-elle expliqué d'un air mystérieux. Quand je suis partie, j'ai demandé à un des techniciens de lui donner une photo de moi, mais je ne pense pas qu'il l'ait fait.

Dell avait l'air complètement subjuguée. C'était insupportable. Si je n'y mettais pas un terme, elle finirait par demander un autographe à Angela.

J'ai lâché :

— Dell a de *vrais* talents d'écrivaine : elle écrit un roman.

Dell a rougi.

— C'est un petit roman.

J'ai répliqué :

— De trois cents pages ? Je ne pense pas. Il est fantastique. C'est de la science-fiction, ça raconte l'histoire de…

Angela ne m'a pas laissé terminer ma phrase. Elle s'est empressée de dire :

— Il faudra que tu me le fasses lire un jour. Je connais des gens que ça pourrait intéresser.

Puis elle s'est mise à rire.

— Ça a l'air prétentieux, non ? Sérieusement, ça pourrait être l'objet d'un film. On ne sait jamais. Il y a un rôle pour moi dedans ?

Elle a dit ça avec un sourire radieux.

— Wow ! a fait Dell.

J'ai marmonné :

— Comme tu dis… Wow !

Soudain, Angela a lancé :

— Jes, j'ai oublié de te dire que Mme Kennedy a téléphoné.

— Ah ! comment va Mme Forêt-Noire ? a demandé Dell.

— Qu'est-ce que tu veux dire ? a ajouté Angela.

Dell a souri.

— C'est notre système de classement des mères, à Jes et moi. Nous les comparons à des gâteaux. Mme Kennedy, c'est un gâteau forêt-noire : il y a de la crème fouettée et du chocolat à l'extérieur ; il est succulent en apparence mais, quand on mord dedans, tout ce qu'on sent, c'est le goût âcre de la liqueur.

J'ai hoché la tête.

Dell a continué :

— Amber, la mère de Sam, c'est du *fudge* double chocolat. Il n'y a pas de mauvaise surprise. Ma mère, c'est de la vanille avec un glaçage au citron. C'est acidulé et sur, mais ferme à l'intérieur. Elli, c'est du gâteau au chocolat allemand.

J'ai enchaîné :

— Ouais. Bon à l'intérieur, mais recouvert d'un glaçage au caramel et à la noix de coco…

Dell a renchéri :

— Plutôt sucré et, avouons-le…

Nous avons ajouté ensemble :

— … assez étrange.

Nous avons ri.

Dell a demandé à Angela :

— Et toi, ta mère, c'est quoi ?

Angela a haussé les épaules sans répondre, mais Dell a insisté :

— Allez !

Elle a arrêté de se mettre du vernis sur les orteils et a penché la tête de côté.

— C'est le genre de gâteau avec une lime à ongles à l'intérieur.

Dell et moi nous sommes regardées.

J'ai répliqué :

— Comment ça ?

— Oh, je ne sais pas !

Pendant une seconde, le visage d'Angela s'est figé, comme si elle pesait les mots qu'elle allait prononcer, puis elle a dit :

— Elle n'a jamais voulu avoir d'enfant.

Dell s'est penchée en avant.

— Vraiment ? Mais tu es née. Elle a donc dû changer d'avis.

Dell a fait de grands gestes dramatiques en poursuivant :

— Après, elle ne pouvait plus imaginer la vie sans toi.

Angela l'a regardée et a répondu d'un ton sarcastique :

— Ouais ; c'est probablement ce qu'elle voulait dire quand elle a déclaré qu'elle aurait préféré que je ne voie jamais le jour.

Dell n'a rien trouvé à répondre, et le silence s'est installé dans la pièce.

J'ai ajouté doucement :

— Dell aime que les histoires finissent bien.

Angela a haussé les épaules et s'est levée du lit. Les petits morceaux d'éponge qu'elle avait entre les orteils lui donnaient une démarche de canard. Elle a ouvert un tiroir et lancé :

— Changement de sujet.

Elle a sorti une mince écharpe bordée de franges.

— Je ne sais pas pourquoi j'ai acheté ça.

Elle s'est dirigée vers Dell et a drapé l'écharpe sur ses épaules.

— Je crois que ça fera un châle parfait pour écrire, tu ne penses pas ?

Dell a poussé de petits cris et s'est enroulée dedans.

— C'est de la soie.

Elle a passé le tissu soyeux sur son visage, puis a regardé l'étiquette du prix, qui n'avait pas été enlevée.

— Angela, je ne peux pas accepter. C'est trop beau. Trop cher.

Angela a secoué la tête.

— J'ai été grassement payée pour ce travail de figuration. Et puis, cette couleur ne va pas avec mon teint. Il n'y a rien à faire, je ne pourrai jamais porter de jaune.

Un léger soupçon m'a effleuré l'esprit quant à la façon dont Angela était entrée en possession de l'écharpe.

Soudain, la porte s'est ouverte, et ma mère a passé la tête dans l'embrasure.

— Bonjour, Dell. Jes, je peux te voir une minute ?

Sur ces mots, elle est partie.

J'ai dit : « Je reviens », mais Dell, qui avait toujours le châle sur les épaules, s'était remise à parler de Chad Grimes.

167

Tout en me dirigeant vers la chambre de ma mère, j'ai passé la main sur le mur du couloir. Le souvenir du moment où nous l'avions repeint a surgi dans mon esprit. Mon père avait quitté la maison depuis peu, et ma mère et moi accomplissions tout ensemble. Nous avions choisi de la peinture jaune vif. Ma mère avait déclaré: «Il est temps de nous remonter un peu le moral.»

Entre ma chambre et celle de ma mère, il y avait celle d'Alberta. J'ai entrouvert la porte et regardé à l'intérieur. Elle était vide. Le lit et la table à langer n'étaient plus là. Les murs vieux rose respiraient toujours la tristesse. J'ai refermé la porte avec soin et je suis allée retrouver ma mère dans sa chambre.

Elle était à son bureau et a souri quand je suis entrée.

— Viens, ma chérie, assieds-toi.

Je me suis installée au bord du lit.

— Qu'est-ce qu'il y a?

— Je voulais avoir ton avis sur certaines choses.

Une pile de magazines était posée à côté du lit. Sur la plupart des couvertures, on voyait des mariées avec des robes vaporeuses. J'ai pris une revue et j'ai commencé à la feuilleter.

J'ai répété:

— Alors, qu'est-ce qu'il y a?

— Eh bien! l'église où nous voulions aller vient de téléphoner pour nous dire qu'il y a eu une erreur et qu'elle est déjà réservée.

J'ai demandé :

— Alors, tu dois annuler le mariage ?

Ma mère a soupiré.

— Oui. Je ne vois pas d'autre solution.

Ses yeux perçants ont rencontré les miens.

— On ne peut pas dire que je n'ai pas essayé.

Son sarcasme m'a fait rire.

Elle a eu l'air soulagée. J'ai suggéré :

— Tu n'as qu'à trouver une autre église.

— Je pourrais, mais Amber nous a offert d'utiliser le pavillon du lac. Qu'en penses-tu ? Ce serait magnifique.

J'ai senti mon cœur battre plus vite en pensant que mon dernier refuge allait disparaître. Je n'aurais plus d'endroit où me cacher si ma mère et Cal choisissaient le lac et se l'appropriaient. Je me suis forcée à rester calme.

— Je pensais que tu détestais aller là-bas.

— Jessica, comment peux-tu dire ça ? Nous y avons passé certains de nos meilleurs…

Elle s'est arrêtée brusquement, puis a continué :

— Peut-être que c'est une mauvaise idée. J'ai simplement pensé que ce serait beau et…

— Et ?

— Et que, comme ça, je serais plus près d'Alberta.

Elle parlait tellement bas que j'avais du mal à l'entendre.

Toute l'amertume que je ressentais a disparu quand elle a dit ça. C'était là-bas que nous avions enterré les cendres de ma sœur. Dans une autre situation, j'aurais couru serrer ma mère dans mes bras. Je savais que cela la réconforterait, que ce serait doux et rassurant. Mais j'en étais incapable.

— Alors, fais-le, ai-je répondu en serrant dans mes poings la courtepointe qui était sur son lit.

Tout ce que j'éprouvais à propos de ma petite sœur paraissait dérisoire face à l'immense perte qu'éprouvait ma mère.

— Je veux que tu sois d'accord.

J'aurais voulu crier :

— Non, je ne suis d'accord avec rien de tout ça.

À la place, j'ai simplement répondu :

— Fais comme tu veux. C'est ton mariage.

Elle s'est avancée vers moi, mais je me suis reculée, et elle s'est arrêtée. Ses yeux se sont remplis de larmes.

— Jes, que nous arrive-t-il ?

J'ai secoué la tête rapidement.

— Rien. Je, euh… Dell est là. Je dois y aller.

Elle s'est assise à côté de moi.

— Il faut que nous parlions.

— Ça ne changera rien. Tu as pris ta décision. Je serai là. Qu'est-ce que tu veux de plus ?

Ma voix était aiguë et tremblait. Ça ne me ressemblait pas du tout. J'avais l'impression d'être extérieure à tout ça, à ma propre vie. De regarder le monde à travers l'entrebâillement d'une porte qui se refermait.

— Cal est quelqu'un de bien, Jes. Il me rend heureuse.

J'ai crié :

— Et papa, ce n'est pas quelqu'un de bien ?

Le ton de ma voix nous a surprises toutes les deux.

On aurait dit que j'avais giflé ma mère.

— Il a fait ses choix, lui aussi, Jes.

Sa voix chevrotait.

— Quels choix ? Tu l'as forcé à partir. Il ne voulait pas s'en aller.

Je tremblais.

— Jessica, écoute-moi, s'il te plaît. Quand Alberta nous a quittés, notre famille a été frappée par un raz-de-marée. Je me suis accrochée à toi… trop, peut-être. Je ne sais pas. Mais je ne voulais pas te perdre, toi aussi.

— Alors, à la place tu as perdu papa ?

Elle a fait un geste de la main.

— Ton père s'est accroché aussi, mais pas à moi.

Je n'ai pas compris tout de suite ce qu'elle sous-entendait. Je n'ai pas saisi le sens de ses mots. Mais son visage expliquait tout, ainsi que la façon dont son regard se posait sur ses mains, sur sa main gauche. Alors, ça m'a frappée avec la même force que le raz-de-marée dont elle avait parlé.

— Qu'est-ce que tu veux dire ?

Elle ne me regardait pas. Elle a tourné la bague qui ornait son doigt en murmurant si bas que je pouvais à peine l'entendre :

— Il a trouvé quelqu'un d'autre.

Je crois que j'ai crié : « Tu mens », avant de sortir de la chambre. Plus tard, je me suis rappelé que j'avais couru

171

dans le couloir jaune vif, que j'étais passée devant la chambre de ma sœur et que je m'étais retrouvée dehors, aveuglée par le soleil, avec le sentiment d'être complètement perdue.

Je ne sais pas comment j'ai fait pour arriver jusque chez mon père. Je suis montée à son appartement. La porte était grande ouverte.

Depuis sa chambre, il a crié :

— Entre !

Il était assis sur son lit et il y avait des plans étalés devant lui.

— Bonjour, fripouille ! Je suis content de te voir.

Encore essoufflée d'avoir couru, je lui ai demandé :

— Qu'est-ce que tu fais ?

— Les Crukshank ont décidé de réaménager leur maison d'été, celle qui est à l'extrémité nord du lac. Ils veulent que je m'occupe des travaux. Mais j'hésite. Qu'est-ce que tu as ? Tu as couru jusqu'ici ?

Je n'avais pas encore réussi à reprendre mon souffle. J'ai bredouillé :

— J'ai juste besoin de… euh… d'utiliser la salle de bain.

Je me suis précipitée vers la petite pièce. Appuyée contre la porte, j'ai essayé de m'imaginer répétant à mon père les paroles de ma mère. Mais je savais déjà que je n'avais pas envie d'entendre sa réponse ni aucune autre réponse. J'aurais voulu ne jamais avoir eu cette conversation avec elle.

Quand je suis ressortie, mon père attendait dans le salon. Il portait des jeans et un vieux t-shirt rouge. Il s'est passé la main dans les cheveux. Il n'était pas encore rasé. Je me suis dit qu'il était plutôt séduisant. M'en étais-je déjà rendu compte ? J'aurais dû.

Soudain, j'ai pensé que quelqu'un d'autre pouvait le trouver séduisant, voir en lui autre chose qu'un père, et ça m'a presque donné envie de vomir.

— Qu'est-ce qu'il y a, fripouille ?

Malgré ce surnom familier, son t-shirt rouge et la façon dont il s'était passé la main dans les cheveux, il avait l'air d'un étranger. J'ai couru vers lui et je l'ai serré très fort.

Il n'a rien ajouté et m'a caressé les cheveux.

— Qu'est-ce que tu as ?

Sa voix était si basse que je l'entendais à peine.

J'aurais pu répondre que tout allait mal. Que j'avais l'impression de traverser une zone de turbulences et que je ne savais pas comment tout cela allait se terminer.

Je me suis contentée de demander :

— Allons-nous toujours au lac cette fin de semaine ?

— Avons-nous déjà raté la fête du maïs ?

Un souvenir familier a surgi dans ma mémoire et je m'y suis accrochée avec gratitude.

— C'est ce que je pensais, mais je voulais en être sûre.

— Tu es certaine que ça va ? a-t-il ajouté en reculant pour me regarder.

J'ai hoché la tête. Mais je mentais. Je ne savais pas si un jour j'irais bien de nouveau. Rien ne serait plus comme avant. Tout changeait, et moi aussi.

Chapitre 14

À la fête du maïs, il y a des clowns, des manèges, un grand chapiteau à rayures rouges et blanches abritant les stands de crème glacée et les barbecues, ainsi qu'un champ de maïs transformé en labyrinthe. C'est plutôt nul, mais j'aime ça. Nous y allons tous les ans.

Chaque groupe qui entre dans le labyrinthe doit brandir un bâton au bout duquel est accroché un drapeau. Si un individu se perd dans le labyrinthe, il lui suffit de lever le bâton et quelqu'un — habituellement un clown — se porte à son secours. C'est totalement humiliant et ça ne m'est jamais arrivé. J'ai toujours réussi à trouver la sortie.

Mon père et moi étions arrivés la veille au soir et avions soupé tranquillement près du lac. Pendant qu'il rangeait, j'étais allée sur la plage faire la «toupie», un jeu auquel nous avions l'habitude de jouer à Mara. Il s'agissait de choisir une étoile, de la fixer des yeux, d'étendre les bras le plus loin possible et de tourner jusqu'à ne plus distinguer qu'un minuscule point de lumière. Alors, les arbres et le ciel ne faisaient plus qu'un, et il fallait tournoyer jusqu'à tomber sur le sable, incapable de continuer. L'autre partie du jeu commençait quand on était tellement étourdi qu'on vacillait et qu'on se cognait à d'autres «toupies». Moi, ce que je préférais, c'était tourner en ralentissant jusqu'au moment où les arbres et le ciel se séparaient de nouveau, et puis rester à l'intérieur de ce petit point de lumière. J'aimais penser qu'une parcelle de cette lumière pénétrait en moi, parce que j'avais entendu dire que, lorsque la lumière d'une étoile atteignait la Terre, l'étoile avait déjà brûlé. Ça me plaisait de croire que je portais en moi un peu de cette lumière éteinte.

— Jes, par ici !

La voix de Dell a résonné à l'autre bout du labyrinthe. Mon amie avait laissé un message pour me dire que son père les conduirait à la fête, elle, Marshall et Angela. Nous devions nous retrouver à dix heures. Je n'étais pas surprise qu'Angela vienne aussi. Après tout, elle était l'une des nôtres maintenant.

Dell a couru vers moi et m'a serrée dans ses bras. Je lui ai rendu son accolade.

— Où étais-tu ? Je t'ai laissé des messages toute la semaine !

— J'ai gardé Lucie plusieurs fois et je suis restée chez mon père.

— Tu ne m'évites pas, au moins ?

J'ai secoué la tête, mais je n'arrivais pas à parler. Après tout, peut-être bien que j'essayais de l'éviter.

Dell a insisté :

— Jes ?

— C'est juste la frénésie du mariage.

— Oh ! Angela est pourtant très excitée par tout ça, non ?

— Ouais ; où est-elle ?

— Là-bas. Elle est en train de parler avec Marshall. Sam est arrivé ?

— Je ne l'ai pas vu.

— Oh !

Un lourd silence s'est installé entre nous.

Elle a fini par dire :

— Ça ne te dérange pas ?

— Quoi ?

— Angela et Sam.

Mon estomac s'est retourné.

J'ai répondu :

— Pour la millième fois, Dell, je te répète que Sam et moi ne sommes que des amis.

Mais je n'ai pas pu m'empêcher de demander :

— Qu'est-ce qu'il y a entre eux ?

— Je pense qu'ils sortent plus ou moins ensemble. Elle a dit que tu étais d'accord… que vous en aviez parlé.

— Oui. Nous en avons parlé. Ça n'a pas d'importance.

J'ai répété : «Nous sommes juste des amis», et le mot «juste» a semblé plutôt dérisoire et inutile. Il avait perdu toute signification.

Dell n'a rien répondu. Avant, elle aurait insisté. Mais là, elle semblait plutôt soulagée. Elle a fini par ajouter :

— Alors, tout va bien.

J'ai commencé à me diriger vers le chapiteau, mais elle m'a retenue.

— Quoi ?

— Il y a quelque chose dont je voudrais te parler.

— Oui ?

— Est-ce que tu pourrais… euh… éviter de dire que j'écris un roman ?

J'ai haussé les épaules :

— Si tu veux.

— Tu sais, ce n'est pas vraiment important que j'écrive. D'ailleurs, Marshall et moi pensons que je devrais peut-être changer certaines choses.

— Changer certaines choses ?

— Par exemple, ce stupide roman que j'essaie de composer et qui ne sert à rien.

— Dell, il est génial. Tu écris très bien.

J'ai dit ça d'une voix forte, en criant presque.

Dell m'a prise par le bras et m'a tirée vers un arbre, à l'écart. Son visage était grave.

— C'est un truc d'enfant, Jes. Marshall, lui, a du talent. Il dit que, si on n'arrive pas à exprimer les choses de façon concise, comme dans un poème, c'est du gas-pillage de mots.

Avec ses ongles, elle a enlevé un morceau d'écorce de l'arbre.

— J'ai rédigé trois cent cinquante pages et je n'en suis même pas à la moitié ! Il faut que j'arrête de me faire des illusions.

Je suis restée sans voix. Dell a répété :

— Marshall, lui, a du talent.

Elle a déchiré une bande d'écorce plus large. Le bois blanc de l'arbre est apparu comme une blessure.

— Angela le pense aussi.

J'ai répliqué :

— Mais, Dell, tu as toujours rêvé d'être écrivaine.

— C'est des bêtises.

Elle a évité de me regarder.

J'ai protesté :

— Ne dis pas ça !

— C'est la vérité. À un moment, il faut se mettre à grandir.

— Oh, Dell !

J'ai posé ma main sur son dos, mais elle s'est écartée d'un mouvement brusque.

— Laisse tomber. Je ne veux plus en parler.

Ses yeux étaient remplis de larmes qui menaçaient de couler à tout moment.

Elle a marmonné :

— Est-ce que mon mascara tient le coup ?

— Euh, oui !

Elle m'a fait signe de la suivre.

Comme nous nous approchions du chapiteau, j'ai remarqué que Sam et sa famille étaient arrivés. Danny et Henri se poursuivaient avec des pistolets à eau et semaient la pagaille, comme d'habitude. Geoff essayait de les calmer et Amber, une tasse de café entre les mains, demeurait impassible au milieu du tumulte.

J'étais sur le point de les saluer quand j'ai vu Sam aller au-devant de Marshall et d'Angela. Elle s'est tournée vers lui, son visage a changé et elle s'est penchée pour l'embrasser sur la bouche, comme si c'était une vieille habitude.

Tout est devenu noir. J'ai éprouvé la même sensation que lorsque je tournoyais en fixant les étoiles. Je ne pouvais pas m'empêcher de les regarder. Ils allaient tellement bien ensemble ! Et puis, graduellement, la Terre s'est remise à tourner.

J'ai vu le visage d'Amber s'assombrir et j'ai aperçu l'air inquiet de Dell. Par-dessus l'épaule de Sam, Angela m'a regardée droit dans les yeux. Par provocation ? Pour montrer qu'elle avait gagné ? Je l'ignorais. Je n'avais qu'une seule idée en tête : ne laisser paraître aucune émotion.

Je ne me suis même pas rendu compte que je me dirigeais vers eux. C'est sûrement Dell qui me guidait. Sa main tenait mon coude et me menait là où je ne voulais absolument pas aller.

— Salut, Jes ! a dit Angela d'un air enjoué.

Il m'a semblé que Sam s'était écarté d'elle en me voyant.

— Salut, a-t-il lancé d'un air trop joyeux.

Marshall a marmonné «salut», peut-être pour éviter de gaspiller des mots.

Angela s'est avancée vers moi et m'a donné, à moi, pauvre troll, une accolade brève et excessive.

— C'est trop chou, s'est-elle exclamée en tournant sur elle-même. La fête du maïs! Trop adorable!

— Si on veut, a rétorqué Marshall.

— Rabat-joie, a-t-elle enchaîné pour l'agacer.

Elle a rejeté ses cheveux en arrière dans un geste qui signifiait: «Oh, quel fardeau d'avoir ces magnifiques cheveux longs!» Je crois que j'ai vu Marshall rougir un peu et quelque chose de nouveau se former sur son visage habituellement renfrogné. Un sourire!

— Voici notre drapeau, Jes.

Danny est arrivé en courant et me l'a mis dans la main d'un geste impératif. Je l'ai pris machinalement.

— Tu es prête?

— Pas cette année, crevette, a dit Sam avec fermeté. Tu y vas avec maman et papa.

— Je ne veux pas. Papa s'occupe du barbecue et maman se perd toujours.

Amber s'est jointe au groupe.

— Cette fois-ci, je vais essayer de me concentrer, Danny. Les grands veulent rester entre eux.

Elle disait ça à Danny, mais je savais qu'elle s'adressait à moi. Je n'arrivais pas à la regarder.

J'ai lâché :

— Je vais rester avec lui.

— Tu vois ?

Danny s'est serré contre moi.

— Non, Jes, nous voulons que tu viennes avec nous, a déclaré Sam d'un ton catégorique.

Dell et Angela ont renchéri sur lui. Amber a essayé de prendre la main de Danny, mais il était fermement accroché à ma taille. Il avait les yeux baissés et il regardait par terre. Je savais qu'il essayait de contenir ses larmes.

J'ai affirmé :

— Ça ne fait rien. Danny et moi formons une équipe. D'ailleurs, je ne crois pas que je pourrais trouver mon chemin sans lui.

— Yé ! s'est exclamé Danny d'une voix forte tout en s'essuyant les yeux avec sa manche.

— Pleurnichard, a marmonné Henri en s'éloignant pour rejoindre un groupe de copains.

— Tais-toi ! a explosé Danny.

Il se serait jeté sur lui si je ne l'avais pas retenu.

J'ai lancé :

— Écoutez, je crois que nous ferions mieux d'y aller. Après, nous nous retrouverons au stand de crème glacée.

— Tu es sûre ? a demandé Amber pendant que Danny m'entraînait loin d'eux.

J'ai hoché la tête.

Nous sommes entrés dans le labyrinthe. Je me suis sentie mieux. On ne voyait rien d'autre que les longues tiges de maïs qui se courbaient doucement dans le vent. Le ciel était d'un bleu profond.

J'ai proposé à Danny :

— Tu veux tenir le drapeau ?

Il l'a pris. Il était très excité et il est entré à toute allure dans la première allée en me criant :

— Dépêche-toi !

Je l'ai suivi en lui rappelant :

— Nous ne sommes pas pressés.

J'aurais pu rester là la matinée entière.

Il a ralenti et pris ma main. La sienne était chaude et humide.

— Je connais le chemin, Jes.

— Ça change tous les ans.

— Est-ce que nous pourrions faire ça toujours, Jes ? Toi et moi ?

J'ai répondu « bien sûr » tout en pensant au baiser. À Sam et à Angela ensemble.

— Tu promets, Jes ? Toujours ?

— Allons par ici, ai-je dit en bifurquant brusquement.

— D'accord, a-t-il approuvé d'un ton joyeux.

Sa main a quitté la mienne et il s'est mis à avancer péniblement.

J'ai essayé de me concentrer sur le labyrinthe, mais tout ce que je voyais, c'était le baiser. Les cheveux d'Angela qui voltigeaient. Les larges épaules de Sam. Son empressement. Le rouge qui teintait les joues d'Angela. Ses yeux quand nos regards s'étaient croisés.

Nous avons tourné et, soudain, je l'ai vue. Elle enlaçait quelqu'un. J'avais l'impression que le sol se dérobait de nouveau sous mes pieds et je me suis rattrapée à une tige de maïs. Angela s'est écartée quand elle a entendu du bruit.

Deux visages se sont tournés vers moi.

Avant qu'Angela et Marshall aient pu prononcer un mot, je me suis cachée dans une autre allée.

Chapitre 15

Il m'a fallu une longue minute avant de réaliser que Danny n'était plus à mes côtés. Je me suis mise à paniquer. Je l'ai appelé. Pas de réponse. J'ai essayé de me rassurer en me disant que c'était lui qui avait le drapeau. Mais il était si petit !

J'ai couru dans le labyrinthe à toute vitesse. Je ne savais pas quelle direction prendre. J'avais la gorge serrée et du mal à respirer. J'ai croisé un groupe de gens et j'ai demandé si quelqu'un avait vu un petit garçon avec des cheveux blonds. Je les ai vaguement entendus dire « non » et j'ai continué à chercher. J'ai fini par m'arrêter et j'ai tendu l'oreille. Tout ce que je voulais, c'était retrouver sa petite main. J'ai murmuré « s'il vous plaît, s'il vous plaît » en tournant et en m'engageant dans une allée. Et puis, je l'ai aperçu. Il était debout et il tenait son drapeau le plus haut possible. Il atteignait à peine la plus grande des tiges.

— Oh, Jes !

Les larmes se sont mises à couler sur ses joues, et le drapeau est tombé à ses pieds. Il s'est jeté dans mes bras, avec une telle force qu'il a failli me renverser.

— Tu étais perdue, a-t-il murmuré à mon oreille.

— Je suis désolée, Danny. Je n'aurais pas dû te lâcher la main.

Il a continué à renifler, serré contre moi, et j'ai caressé son dos frêle jusqu'à ce qu'il ne tremble plus.

— Je ne pleure pas, a dit Danny en prenant une grande bouffée d'air.

J'ai souri en regardant son visage apeuré, couvert de poussière. Je n'ai rien ajouté pendant un moment.

Puis, je lui ai demandé :

— Tu veux rentrer ?

— Euh, oui !

— Très bien ; prends le drapeau.

Il ne m'a pas lâché la main avant que nous soyons sortis sains et saufs du labyrinthe. Amber a eu l'air soulagée en nous voyant. Les autres étaient déjà en train de commander de la crème glacée.

— Tout va bien ? a-t-elle demandé en s'agenouillant pour essuyer le visage sale de Danny avec un pan de son chemisier.

— Maman !

Il s'est dégagé, l'air embarrassé.

— Désolée, a soupiré Amber en se relevant.

Elle a regardé son petit garçon courir jusqu'au stand

de crème glacée en criant que je m'étais égarée et qu'il m'avait retrouvée.

Amber a tout entendu.

— Je suis désolée, Amber. Je me suis arrêtée une seconde et, soudain, il avait disparu.

— Ne t'en fais pas pour ça. S'il fallait que je compte toutes les fois que j'ai perdu un de ces monstres ! *(Elle a souri.)* Il a tellement hâte de rattraper ses frères, de faire partie des grands !

— Ce n'est pas aussi bien qu'on le pense, ai-je dit en jetant un regard vers le groupe.

— Tu veux de la crème glacée ? m'a-t-elle proposé.

— Non.

Je me suis demandé si résoudre les problèmes de la vie en recourant à de la crème glacée faisait également partie du manuel des mères.

— Je vais aller voir si mon père désire rentrer.

— Il aide Geoff avec le barbecue. Tu n'as pas envie de marcher jusqu'au terrain de camping avec moi ? Un peu d'exercice ne me ferait pas de mal.

Elle a fait une grimace en regardant ses hanches rebondies.

J'ai hoché la tête.

— Je vais les avertir, a-t-elle déclaré.

— Je t'attendrai à côté du chemin, ai-je précisé en désignant un banc à l'écart du stand de crème glacée.

Dell a fait des gestes pour m'inviter à la rejoindre, mais j'ai crié :

— Je dois rentrer.

Elle est arrivée en courant, même si je lui avais fait signe de demeurer où elle était.

— Qu'est-ce qu'il y a ? Nous allons à la grande roue. Viens avec nous.

— Écoute, vous n'avez pas besoin de moi. Et puis, je suis fatiguée.

C'était une mauvaise excuse et elle le savait.

— Tu es fatiguée ? Jes, nous pouvons nous asseoir à trois sur un siège ; après tout, tu n'es pas bien grosse.

Elle essayait de m'agacer.

J'ai grogné :

— Je n'en ai pas envie, OK ?

Elle a jeté un regard aux autres. Angela riait de quelque chose que Sam venait de lui raconter. On aurait pu croire qu'elle n'avait jamais rien entendu d'aussi drôle de sa vie.

— Elle en fait un peu trop avec lui, a murmuré Dell.

J'ai pensé : « Si seulement tu savais ! » Je revoyais le baiser passionné dans le champ de maïs. Celui qu'elle avait échangé avec Sam un peu plus tôt ressemblait au baiser d'anniversaire d'une vieille tante.

— Elle a beaucoup d'énergie, ça, c'est sûr, me suis-je contentée de murmurer.

— Ça m'embête de te laisser toute seule, a déclaré Dell, signifiant du même coup qu'elle n'allait pas proposer de rester avec moi. Que ce n'était pas moi qu'elle avait choisie.

— Je vais aller me baigner. Je te verrai plus tard.

— OK.

Elle a hésité, puis elle est partie.

— Tu es prête ? m'a demandé Amber.

Je l'ai suivie jusqu'au chemin. J'ai essayé de ne pas penser que c'était vraiment pathétique de passer le samedi après-midi avec la mère de son meilleur ami. Ou peut-être de son ex-meilleur ami ?

— Prenons le sentier, ai-je dit en avançant sous les grands arbres.

Amber m'a suivie d'un pas lourd.

— Tu n'es pas gênée qu'on te voie avec moi ?

— Si, terriblement.

Elle a ri, ce qui a fait fuir un couple d'oiseaux.

— Tu es sûre que nous n'allons pas nous perdre ? m'a-t-elle demandé alors que nous nous enfoncions un peu plus dans le bois.

J'ai répondu sur un ton d'excuse :

— Je me perds uniquement quand je dois m'occuper de petits garçons.

Amber s'est mise à rire et a ajouté :

— Il t'adore.

— Qui ça ? l'ai-je interrogée tout en me maudissant d'avoir posé la question.

— Danny, a-t-elle répondu comme si c'était tout à fait légitime.

Puis, elle a ajouté :

— Parle-moi un peu d'Angela.

Son ton avait changé.

— Elle est, euh, correcte.

— Ta mère prétend qu'Angela l'aide beaucoup, mais elle voit tout à travers le filtre du mariage, ces jours-ci. En même temps, c'est bon de la savoir si…

J'ai répliqué brusquement :

— Heureuse, je sais.

Nous avons continué à marcher sans dire un mot. La respiration sonore d'Amber remplissait le silence. Nous sommes finalement sorties du bois. Le lac s'étendait devant nous et étincelait de mille feux sous le soleil de l'après-midi.

— Pouvons-nous ralentir un peu ? Je n'ai plus trente ans.

Je me suis arrêtée pour laisser Amber reprendre son souffle.

Elle s'est assise sur une souche.

— Je n'ai même plus quarante ans.

Elle a souri.

J'ai riposté :

— Tu n'as même pas quarante-deux ans.

Elle a levé le bras et fait une grimace.

— Que s'est-il passé dans le champ de maïs ? a-t-elle demandé en contemplant le lac. Moi, il m'arrive de perdre la trace de mes gamins. Mais toi, jamais.

À côté de nous, une mouette poussait des cris rauques. Le vent emportait la fumée des bateaux.

Je me suis lancée :

— Bon, nous discutons ici d'une situation hypothétique.

— Tout à fait, a répondu Amber.

Je l'ai regardée.

— Tu ne dois en parler à personne.

Elle a hésité.

J'ai lâché :

— Alors, tant pis !

— D'accord. À personne. Pourtant, si c'est une situation hypothétique...

— À personne.

D'un air grave, elle a posé la main sur sa poitrine.

— Je te le promets !

— Bon.

J'ai pris une grande inspiration. Il fallait que je me confie à quelqu'un.

J'ai continué :

— Que ferais-tu si tu voyais la nouvelle amie *(je n'arrivais pas à dire «petite amie»)* de ton meilleur ami embrasser le petit ami de ta meilleure amie ?

Amber a commencé à rire, mais elle s'est arrêtée presque tout de suite.

— Excuse-moi ; tout ça est un peu compliqué — la nouvelle amie de ton meilleur ami...

Puis, ses yeux se sont agrandis.

— Angela et Marshall ? Cette peste ! Je veux dire, cette hypothétique peste !

— Je dois préciser que Marshall ne résistait pas beaucoup.

— Hum !

— Je ne sais pas quoi faire. Dois-je mettre Dell et Sam au courant ?

Amber avait son air de maman ours.

— Je pourrais m'en charger.

— Non, Amber. Tu as promis !

J'étais horrifiée à l'idée que Sam sache que j'avais tout raconté à sa mère avant de lui en parler.

— J'aurais mieux fait de me taire.

— Non ; ne t'en fais pas, Jes. Je ne dirai rien. Mais c'est le genre de situation que je déteste. Tu ne peux pas savoir à quel point. C'est tellement plus facile pour une mère de soigner un genou écorché !

— Je suis désolée de t'en avoir parlé, Amber. Je n'ai pas du tout pensé à ça.

— Je suis contente que tu l'aies fait. Je dois m'habituer à rester en dehors de leur vie, même si je trouve ça pénible.

Les vagues venaient mourir doucement sur les galets. Habituellement, ce son m'apaisait, mais pas aujourd'hui.

Amber a ajouté :

— C'est difficile de voir ses enfants grandir, d'accepter qu'ils aient de moins en moins besoin de nous.

— Parfois, c'est l'inverse, ai-je murmuré en ramassant une pierre plate et en la lançant pour faire un ricochet.

— Je suppose que c'est comme ça que tu te sens maintenant. Tu dois avoir l'impression que ta mère suit son propre chemin.

Je n'ai pas répondu.

— Je crois que je sais ce que tu ressens.

Amber s'est assise sur un tronc d'arbre.

— Excuse-moi, Amber, mais je ne pense pas que tu puisses te mettre à ma place. Je sais bien que les garçons grandissent, mais tu n'as pas vraiment de problèmes. Vous représentez la famille parfaite.

— Ça, ça n'existe pas, Jes.

Je n'en revenais pas. Tout allait bien pour elle. Son mari l'adorait et ses garçons aussi — quoi qu'elle en dise. J'étais déçue par ses paroles.

— Tu sais, Jes, cette idée de la famille parfaite, c'est une sorte de légende urbaine. Comme l'histoire du type qui raye les portières des voitures avec un crochet.

L'expression qui s'est peinte sur mon visage l'a fait rire.

— D'accord, l'exemple est mal choisi. Mais je t'assure que la famille idéale n'existe pas. Il faut sans cesse faire des efforts. Accepter les bons comme les mauvais moments. Ta famille traverse une sorte de phase de rénovation profonde, c'est tout.

J'ai secoué la tête.

— Tu ne comprends pas.

— Je sais que tu as vécu des moments difficiles, Jes. Mais que fais-tu des bons souvenirs ?

J'ai ramassé une lourde pierre et j'ai essayé de nouveau de faire un ricochet, mais elle s'est tout de suite enfoncée dans l'eau.

J'ai répliqué :

— Ce sont les pires. Les bons souvenirs sont des mensonges. Si c'était vrai — si nous étions vraiment heureux —, alors comment se fait-il que nous en soyons arrivés là ?

Les larmes ont jailli de mes yeux. Je ne pouvais pas les retenir, même si j'éprouvais surtout de la colère. C'était comme un robinet qu'on avait ouvert et qu'on ne pouvait plus fermer.

— Les bons souvenirs sont ceux que je déteste le plus.

Amber m'a prise dans ses bras. Je ne l'ai pas repoussée.

— Tu as raison, a-t-elle dit, c'est triste.

Elle m'a gardée contre elle jusqu'à ce que j'arrête de pleurer.

— Ne dis rien à ma mère, lui ai-je demandé.

— C'est toi qui devrais lui en parler, Jes. Elle veut savoir.

— Je ne peux pas. J'ai l'impression d'avoir explosé en mille morceaux qui se sont dispersés un peu partout. Il faut que ça arrête.

Amber a hoché la tête. Elle m'a tendu un mouchoir en papier froissé qu'elle a tiré de sa poche, puis a ajouté :

— Je me souviens de la première fois que Sam est allé à un camp.

194

Moi aussi, je m'en souvenais. Il voulait que je l'accompagne, mais je n'en avais pas envie. Mon père et ma mère venaient de se séparer et j'avais peur de m'éloigner d'eux. Je pensais que, si j'acceptais de m'en aller, ils disparaîtraient de la surface de la Terre. J'avais même fait des cauchemars où je flottais toute seule dans l'espace.

Amber a continué :

— L'idée d'y aller le rendait nerveux. Moi aussi. Je craignais qu'il se réveille au milieu de la nuit sans me trouver auprès de lui. J'ai failli le retenir, mais Geoff a insisté pour qu'il parte. Eh bien ! il s'est amusé comme un fou et, quand il est rentré, la première chose qu'il m'a dite, c'est : « Tu ne m'as pas manqué du tout ! »

Elle a eu un sourire piteux en évoquant ce souvenir.

— Je l'ai écouté me raconter ses histoires de camp et j'ai ri avec lui. Puis, je suis allée dans ma chambre et j'ai pleuré pendant une heure. Je me suis apitoyé sur mon sort. Geoff est entré et j'ai dit en sanglotant que Sam n'avait plus besoin de moi. Geoff a répondu que j'avais fait du bon travail. Que c'était ma tâche de le laisser partir petit à petit. Je ne l'ai pas fait de gaieté de cœur, crois-moi. Si j'avais pu, j'aurais planté une tente à côté de son chalet, au camp, et je serais restée là toute la semaine.

J'ai dit :

— Je ne pense pas qu'il aurait apprécié.

Amber a ri et m'a donné une petite tape sur le genou.

— Exactement. C'est ça, le plus difficile : lâcher prise. Le plus ironique, c'est que la liberté commence à ce moment-là.

— C'est comme ça que ça doit se passer, Amber. Il faut que les parents laissent partir leurs enfants… pas l'inverse.

Amber a secoué la tête.

— Il ne suffit pas de laisser partir ceux qu'on aime, il faut aussi accepter d'abandonner l'idée que l'on se fait d'eux. Ça, mon chou, c'est le plus difficile. Et tant que tu n'y arriveras pas, tu seras malheureuse. Alors, maintenant, il faut que tu découvres ce à quoi toi, tu t'accroches. Et la façon dont tu peux arriver à lâcher prise. Il faut avoir du courage pour faire ça, Jes.

Une partie de moi comprenait très bien ce qu'elle voulait dire, mais je savais aussi que mon père et ma mère s'étaient mutuellement laissés partir.

— OK.

Amber a pris une grande respiration.

— Ta mère ne te l'a peut-être pas dit, mais… j'ai encore du mal à en parler… ma mère s'est suicidée.

— Je suis désolée, Amber. Je ne le savais pas.

— Non, ne le sois pas. *(Elle a fait un geste de la main.)* Ce n'est pas pour ça que je te le raconte. Je pense simplement que, si on n'explique pas à ses enfants ce que l'on ressent, surtout quand on a de la peine, ils ont l'impression qu'on n'a pas vécu. Je voulais que tu saches que j'ai vécu.

J'ai murmuré :

— Ça a dû être affreux.

— Pire que ça. Elle n'a rien laissé, pas même une lettre.

— Comment t'en es-tu sortie ?

— Eh bien ! j'ai décidé que, si je ne pouvais pas obtenir d'explication, je pouvais au moins attribuer un sens à son geste. Quand tu as dit tout à l'heure que je n'avais pas vraiment de problèmes, je suppose que c'est l'impression que je donne. On croit souvent que certains ont une vie facile ou que tout est une question de chance. Sincèrement, Jes, ce n'est pas ça. J'ai simplement décidé de faire en sorte que la triste vie de ma mère serve à quelque chose, à me rappeler de ne jamais rien tenir pour acquis.

Je me suis mise à penser à toutes les fois que j'avais vu Amber étendue sur sa chaise longue avec un livre et un sourire, ou bien riant et discutant avec ma mère, ou encore à la façon dont elle jouait avec ses enfants. J'avais toujours pensé que c'était une personne heureuse, qu'elle était née comme ça.

Elle a continué :

— Je vais peut-être avoir l'air prétentieuse, mais je te dirais que ma vie est ma réussite. Certaines femmes s'accomplissent à travers leur carrière, leur maison ou leurs enfants. Moi, quand je vois ce que je suis devenue, je me dis : « Ce bonheur, c'est moi qui l'ai voulu. » Je ne sais si tu trouveras une explication qui t'aidera à comprendre pourquoi tes parents se sont séparés mais, si tu cherches bien, tu sauras donner un sens à tout cela.

J'ai répliqué :

— Mais tout n'a pas de sens. Pourquoi Alberta est-elle morte si jeune, et pourquoi mon père et ma mère ne peuvent plus vivre ensemble ? Voilà que ma mère se marie une nouvelle fois — *pour toujours*. C'est tellement compliqué !

Amber a répondu :

— Je sais, mais elle a choisi de continuer à vivre. Pour ça aussi, il faut être courageux.

Elle a pris ma main. J'étais contente qu'elle n'ajoute rien d'autre.

De retour au terrain de camping, Amber a proposé de me préparer un repas, mais je lui ai assuré que je n'avais pas faim et que je préférais aller nager.

— Très bien. Ne t'éloigne pas, a-t-elle ajouté en reprenant son rôle de mère poule.

J'ai enfilé mon maillot de bain et je me suis dirigée vers le quai. J'ai nagé jusqu'à ce que mes bras et mes jambes soient lourds de fatigue. Ensuite, je suis montée sur le quai et je me suis exercée à plonger.

C'est mon père qui m'a appris à plonger. À l'époque, j'avais peur, mais je lui faisais confiance. C'était un excellent nageur.

Plonger à genoux était facile pour moi, parce que je pouvais prétendre que je trébuchais dans l'eau. Mais, quand mon père avait décidé qu'il était temps que je plonge debout, j'avais figé.

— Courbe-toi et tombe. Laisse la gravité faire son travail.

Je n'avais aucune idée de ce qu'il voulait dire.

Il m'avait alors expliqué :

— La gravité, c'est la force qui t'empêche de t'envoler. Elle te maintient au sol.

Je crois que son explication avait pour but de me rassurer. Ça n'avait pas marché. Surtout que le sol en question se trouvait enfoui sous des tonnes d'eau.

Pourtant, je l'avais écouté, j'avais fait confiance à la gravité et je m'étais laissé tomber. Je n'étais qu'à moitié rassurée. Mon corps avait résisté, m'avait trahie, et j'avais fait un magnifique plat. Ce mot décrit très bien le résultat.

Quand j'étais remontée à la surface, j'avais ressenti dans mon ventre la douleur de la déception. J'avais regardé derrière moi. Mon père souriait. Il m'avait fait un signe de la main en m'apercevant. Il m'avait lancé : « Continue à nager. » Mon ratage était officiel. Je n'avais pas plongé comme je l'avais vu faire des milliers de fois. J'avais échoué. Des larmes avaient coulé sur mes joues et s'étaient mêlées à l'eau du lac.

Pour la première fois, mais pas la dernière, j'avais pensé qu'il ne fallait pas qu'il me voie pleurer. La première fois est toujours la pire.

Dès que j'étais remontée sur le quai, il m'avait serrée dans ses bras bronzés et m'avait dit : « Je suis désolé, ma puce. » Il savait. Mais ça n'avait pas aidé ni arrangé les choses. C'était pire que le plongeon raté.

Après, je m'étais entraînée toute seule à plonger quand j'étais sûre que personne ne me voyait. J'attendais que mon père soit sorti ou parti pêcher en bateau. Quelques semaines plus tard, je lui avais demandé de m'accompagner sur le quai. La soirée était particulièrement chaude. Nous n'avions pas prononcé un mot et il m'avait suivie jusqu'au bout du quai. J'avais baissé les paupières et plongé. J'avais su tout suite que mon mouvement était parfaitement réussi. Et, quand j'avais regardé derrière moi, j'avais vu la lumière du soleil couchant se refléter dans les yeux de mon père.

— Oh, fripouille !

C'est tout ce qu'il avait dit.

C'était un moment merveilleux, et je savais que ça n'avait rien à voir avec la gravité.

— Salut !

La voix de Sam m'a fait sursauter.

J'ai jeté un coup d'œil par-dessus mon épaule. Il était seul.

— Désolé, je ne voulais pas te faire peur.

Il a souri. La blancheur de ses dents tranchait sur sa peau brunie.

Je me suis écriée :

— Tu as enlevé tes broches !

— Tu le remarques enfin !

— Je ne t'ai pas beaucoup vu ces derniers temps.

— À qui la faute ? a-t-il répondu sur la défensive.

Je n'ai rien répliqué.

— Elles sont vraiment chouettes ; tes dents, je veux dire.

Il a souri de nouveau, cette fois-ci en exagérant sa mimique.

J'ai mis ma main devant mes yeux.

— Arrête, tu m'éblouis.

Il a fermé la bouche.

— Excuse-moi. Il va falloir que je me souvienne d'utiliser mes nouveaux pouvoirs à bon escient.

J'ai ajouté :

— Je crois que je saurai me protéger.

Il y a eu un moment de gêne et je me suis rendu compte qu'il était embarrassé.

Il a commencé à dire :

— Je ne voulais pas…

— Sam, je blaguais.

La gêne s'est de nouveau installée entre nous.

— Nous allons à la corde de Tarzan. Viens avec nous.

Il avait, une fois de plus, prononcé le mot «nous». Mais je n'en faisais plus partie. J'étais en dehors.

J'ai répliqué :

— Ça n'a jamais été mon activité préférée.

— Qu'est-ce qui t'arrive depuis quelque temps ?

— Et toi, qu'est-ce qui t'arrive ?

— Tu n'as pas besoin d'être comme ça.

— Comme quoi ?

— Bizarre.

— Ça me plaît d'être bizarre.

Sam a souri et ça m'a mise encore plus en colère. Maintenant, son sourire était parfait. Je regrettais ses dents de devant qui se chevauchaient. Je me suis demandé si j'avais envie qu'il soit plus que mon ami. Cette pensée m'a tellement surprise que j'ai failli tomber du quai. Son sourire s'est élargi et il s'est avancé pour me saisir la main. J'ai retrouvé mon équilibre sans son aide. J'ai fait un gros effort pour ne pas me ruer sur lui et le faire tomber à l'eau.

— Viens avec nous, a-t-il répété.

J'ai commencé à dire :

— Oh, Sam !

Je voulais lui raconter ce que j'avais vu dans le laby-rinthe. Soudain, j'ai eu l'impression d'être dans un de ces feuilletons débiles au moment où le personnage principal s'arrête brusquement avant de tout avouer : « En réalité, tu es mon frère jumeau que je croyais dis-paru » ou quelque chose d'aussi idiot. La vérité, c'est que je ne voulais pas le blesser. Angela lui plaisait. Il était fier d'être avec elle. Je ne pouvais pas lui faire ça.

J'ai tranché :

— Je ne viens pas.

Un bruit de moteur nous a interrompus. C'était le bateau de Tim. Marshall le conduisait. Angela et Dell étaient perchées sur le siège avant et nous faisaient des signes. En voyant Dell, j'ai pensé aux événements de la matinée, à Marshall et à Angela enlacés dans le champ de maïs.

— Comme tu veux, a dit Sam avant de faire demi-tour et de sauter dans le bateau.

J'ai remonté le quai en vitesse, sans prêter attention aux appels de Dell. J'ai attendu d'avoir atteint la galerie du chalet avant de me retourner pour les regarder s'éloigner. Dell devenait de plus en plus petite, mais elle m'observait toujours. Je leur ai fait au revoir de la main. Je me sentais terriblement triste. Pourrais-je jamais lui avouer ce qui s'était passé?

Un jour, nous nous étions fait une promesse, que nous avions scellée par une goutte de sang sur nos doigts: «Ne jamais rien nous cacher.» Nous étions fières de cette formule, Dell surtout, parce que c'était elle qui l'avait trouvée, et moi, je partageais sa fierté. On aurait dit une formule magique. Nous avions conclu un pacte. Nous étions devenues sœurs de sang. Ce n'était peut-être pas très original, mais le sang qui perlait au bout de nos doigts coulerait dans nos veines jusqu'à la fin des temps. Et la vérité serait toujours au cœur de tout ce que nous allions vivre ensemble.

Le baiser de Marshall et d'Angela menaçait tout cela. Si je disais à Dell ce que je savais, que se passerait-il? En me taisant, j'avais brisé ma promesse. La magie s'était envolée.

Chapitre 16

Mon père m'a déposée à la maison le dimanche après-midi. Ma mère avait laissé, sur la table de la cuisine, une note précisant que Cal et elle seraient de retour à dix-neuf heures. Il y avait un post-scriptum : « Mme K. veut savoir si tu peux garder Lucie. Appelle-la si tu rentres à temps. »

Soulagée, j'ai téléphoné à Mme Kennedy et je lui ai confirmé que je pouvais venir.

Lucie m'a accueillie dans l'allée. Dès que sa mère est partie, elle m'a entraînée dans la cour. Tout en la poussant sur la balançoire, je me suis fait la réflexion qu'elle était moins bavarde que d'habitude.

Je lui ai donné un grand élan et je lui ai demandé :

— Comment ça va, Lucie ?

Elle n'a pas répondu.

— Hé, tu pourrais être un peu plus enthousiaste !

Elle est restée silencieuse. Je me suis mise devant elle,

j'ai attrapé les chaînes de la balançoire et j'ai immobilisé celle-ci. Lucie a sauté et s'est jetée dans mes bras.

Blottie contre ma poitrine, elle m'a confié :

— Je déteste Dickie Rathbone.

— Je croyais que c'était ton meilleur ami.

— C'est mon ennemi. Je le déteste.

— Depuis quand ?

— Depuis hier.

— Que s'est-il passé ?

— Il est tellement stupide ! Les garçons sont bêtes.

— Qu'est-ce qu'il t'a fait ?

— Je lui ai juste demandé à quelle vitesse il pouvait cligner des yeux et il a dit que j'étais idiote.

J'ai répété doucement :

— À quelle vitesse il pouvait cligner des yeux ?

Elle a tourné son petit visage vers moi et a cligné deux fois ses yeux ourlés de longs cils.

— Regarde. Ça, c'est ma vitesse normale. Mais, parfois, on peut faire comme ça.

Elle s'est mise à cligner des paupières plus vite, comme si elle avait quelque chose dans les yeux.

— Ou encore, comme ça.

Elle m'a fait une autre démonstration au ralenti. J'ai essayé de réprimer mon sourire.

— Moi, je pense que c'était une bonne question.

— Je sais, a-t-elle affirmé sur un ton catégorique. Mais il a trouvé que j'étais idiote.

— Il était peut-être de mauvaise humeur.

— Non.

Elle a secoué la tête, et ses couettes ont frappé son visage.

— C'est parce qu'il était avec ses amis, ces idiots de Jérôme et de Cameron.

J'ai toussé pour dissimuler mon sourire, mais elle n'a rien remarqué.

— Ils ont dit que c'était des bêtises de fille.

J'ai tout de suite compris. Mais comment lui expliquer ?

Je l'ai aidée à remonter sur la balançoire et je l'ai poussée.

J'ai poursuivi :

— Tu sais, quelquefois, les garçons se comportent différemment quand ils sont avec leurs copains.

— Pourquoi ?

Elle balançait ses petites jambes dans le vide.

— Parce que les autres se moquent d'eux s'ils sont amis avec une fille.

— Pourquoi ?

Je l'ai poussée un peu plus fort et j'ai essayé de trouver une bonne réponse. N'importe quelle réponse.

— Je ne sais pas. Ses copains l'agacent peut-être en disant que tu es sa petite amie.

— Beurk.

Elle s'est donné un grand élan. La balançoire est montée très haut. Je me suis reculée et je l'ai regardée.

Elle a déclaré avec force :

— Je déteste Dickie Rathbone.

J'ai lancé :

— Non, ce n'est pas vrai.

Mais elle ne m'a pas entendue.

Je l'ai observée. La balançoire prenait de plus en plus de vitesse et montait de plus en plus haut. Lucie ne se rendait même pas compte que, pour la première fois, elle se balançait toute seule. Elle n'avait aucune idée de l'énergie qu'elle avait. Puis, soudain, elle a pris conscience du fait qu'elle était montée très haut et elle a figé. Elle était terrifiée.

Je me suis écriée :

— Tiens-toi bien !

Elle a crié : « Jes ! » et a lâché la balançoire.

J'étais derrière elle et j'ai réussi à amortir sa chute. Ce n'était pas l'atterrissage le plus confortable du monde. Ça m'a coupé le souffle, mais Lucie ne s'est pas fait mal. Elle a commencé à pleurer. Ses larmes coulaient sans pouvoir s'arrêter. Je l'ai tenue fermement.

— Ça va aller.

— Il me déteste.

Elle hoquetait. Nous ne parlions peut-être plus de Dickie, mais je ne crois pas qu'elle s'en rendait compte. J'avais le cœur brisé de la voir ainsi.

Je l'ai rassurée :

— Je suis là.

Elle a fini par se calmer.

Plus tard, je lui ai lu une bonne douzaine d'histoires pour l'endormir et je suis restée à côté d'elle à lui caresser les cheveux.

Lorsque Mme Kennedy est rentrée, elle m'a trouvée dans la chambre de Lucie. J'ai levé les yeux vers elle et j'ai pensé : «Je me fiche de votre histoire.»

J'ai marché jusqu'au couloir et elle m'a suivie. Je sentais la colère monter en moi, alors j'ai attendu que nous soyons au salon.

Elle m'a tendu de l'argent. J'ai secoué la tête. Elle l'a poussé vers moi. Je tremblais, mais ma voix était calme.

— Je n'en veux pas.

— Que se passe-t-il, Jessica ? Il est arrivé quelque chose à la fillette ?

J'ai secoué la tête.

— Elle va bien.

Puis, je me suis reprise :

— Non, ce n'est pas vrai, elle ne va pas bien.

Pendant un instant, elle a eu l'air inquiète.

— Elle s'est blessée ?

Ma voix s'est mise à trembler.

— Savez-vous à quel point Lucie vous aime ?

— C'est ma fille, a-t-elle répondu en essayant d'afficher une attitude d'adulte.

J'ai répliqué :

— S'il vous plaît, ne l'appelez plus jamais «la fillette».

Et je suis partie.

Quand je suis arrivée chez moi, la porte de la chambre de ma mère était fermée. J'ai vu un rai de lumière et je me suis dit qu'elle ne dormait probablement pas, mais je ne suis pas entrée la voir. J'ai marché sans bruit jusqu'à ma chambre. Elle était plongée dans l'obscurité, et j'ai cru qu'Angela était endormie. Cependant, elle a allumé sa lampe dès qu'elle m'a entendue. La dernière chose que je voulais, c'était avoir une conversation avec elle.

— Hé !

J'ai posé mon sac à dos sur le lit et j'ai répondu :

— Salut ! J'ai faim, je vais me préparer un sandwich.

— Je t'accompagne.

Formidable.

Je me suis fait un sandwich au beurre d'arachide et à la banane.

Angela a eu l'air déconcertée.

— Tu vas vraiment manger ça ?

J'ai protesté :

— C'est meilleur que ça en a l'air.

— Je l'espère. Écoute, Jes, je voulais te parler de quelque chose.

— OK.

J'ai pris une bouchée et j'ai attendu qu'elle s'excuse, même si, en fait, c'était à Sam et à Dell qu'elle devait le faire. Pas à moi.

— Que dirais-tu d'organiser une petite fête pour ta mère la semaine prochaine ? Le mariage est dans deux semaines, tu sais.

J'ai mâché en vitesse et avalé ma bouchée avec une gorgée de lait.

— C'est de ça que tu voulais me parler ?

— De quoi d'autre ?

Elle m'a regardée droit dans les yeux.

J'ai bredouillé :

— De ce qui s'est passé dans le champ de maïs hier. De ce que j'ai vu.

Ses yeux se sont plissés comme ceux d'un chat.

— Que penses-tu avoir vu ?

— Ce que je pense avoir vu ? Toi embrassant le petit ami de Dell.

— C'est lui qui m'embrassait ! Il m'a attrapée. J'ai été complètement prise au dépourvu.

J'ai secoué la tête à nouveau.

— Tu n'avais pas l'air d'être prise au dépourvu.

— Combien de temps es-tu restée ?

Qu'est-ce que ça pouvait bien faire ?

J'ai répliqué :

— Pas longtemps. Je ne me sentais pas très à l'aise.

Je l'ai regardée droit dans les yeux et elle a soutenu mon regard. J'ai aperçu des éclats dorés dans ses pupilles. Je me suis demandé à quelle vitesse elle pouvait cligner les yeux.

Et puis, elle s'est assise comme si elle était fatiguée.

— Je l'ai repoussé. Je suppose que tu as manqué ça. Je ne m'attends pas à te convaincre.

— Je n'ai pas dit que je ne te croyais pas.

— Tu me crois, alors ?

J'ai rapidement passé en revue les éléments de preuve. C'est vrai que je ne les avais observés que pendant un bref moment. Mais, si Angela pouvait voler des boucles d'oreilles, n'était-elle pas capable de voler le petit ami de quelqu'un d'autre ? Toutefois, il ne fallait pas que j'oublie que j'étais jalouse d'elle. Et la jalousie, cette grosse masse verte, m'empêchait de cerner bien des choses. J'ai soupiré.

— Je suppose que oui.

Elle a regardé devant elle en disant :

— Ce n'est pas vrai. Mais ça ne fait rien, j'en ai l'habitude.

— Qu'est-ce que tu veux dire ?

— Rien, j'en ai l'habitude, c'est tout. Je n'ai pas des tonnes d'amis, tu sais.

— Pourquoi ?

— Tu ne comprendrais pas. Toi, tu as Sam et Dell, qui te trouvent formidable.

J'ai insisté :

— Pourquoi n'as-tu pas d'amis ?

Elle a secoué la tête.

— Tu vas trouver que je suis prétentieuse, et je sais que ça a l'air d'une mauvaise explication, mais parfois je pense que mon allure dérange les autres.

Elle a rougi. C'est vrai que ça avait l'air prétentieux ; il reste qu'elle avait raison. Je me suis sentie très mal à l'aise.

— Je suppose que je m'attendais à ça, ai-je concédé, repoussant la vilaine masse verte de la jalousie qui me narguait.

— Alors, tu me crois?

Je n'ai pas répondu tout de suite. Parfois, on fait le choix de croire parce qu'on n'a aucune certitude. C'est comme quand on se retrouve face à deux chemins goudronnés et qu'il faut en choisir un. Si l'on sait que l'un d'eux est recouvert de gravillons ou qu'il mène à un précipice, le choix est facile. Mais là, ce n'était pas le cas. J'ai eu l'impression d'entendre ma mère et ses métaphores, et ça m'a donné la chair de poule. Alors, j'ai dit à Angela que je la croyais. Je n'étais pas sûre que c'était vrai, mais c'est le choix que j'ai fait.

J'ai répété:

— Oui, je te crois.

Un sourire éclatant est apparu sur son visage et elle a eu l'air vraiment heureuse.

— Bon, dois-je en parler à Dell?

Le revirement de situation était spectaculaire. D'accusatrice, j'étais devenue sa confidente. Cette fille superbe et sûre d'elle me demandait mon avis. Mais cet état était temporaire. Je détestais tout autant l'idée de mentir à Dell que celle de lui faire du mal.

— Je ne sais pas.

— D'après mon expérience, a dit Angela d'un ton sec, un serpent finit toujours par sortir de son trou. Je propose qu'on ne dise rien, comme ça Marshall finira bien par se trahir.

Ça avait du sens. De plus, je ne ferais pas de mal à Dell. J'ai donc acquiescé. Je devais de nouveau effectuer un choix difficile. Cette fois, j'avais un mauvais pressentiment.

— Tu sais, Jes, j'aime vraiment beaucoup Sam, a poursuivi Angela.

Mon cœur a fait un saut périlleux. J'ai mordu dans mon sandwich. Même si la banane était un peu gluante, je me suis forcée à avaler ma bouchée.

Angela a ajouté :

— Il est très gentil.

Gentil. Quel mot stupide pour décrire Sam ! Il était tellement plus que ça !

— Tu as vu ses photos ? ai-je demandé tout en regardant le beurre d'arachide qui dégoulinait de mon sandwich.

Quelle idée j'avais eue ! C'était vraiment dégoûtant comme collation.

— Ses photos ?

Soudain, ma bonne humeur est revenue. Il ne les lui avait donc pas montrées.

J'ai déclaré en choisissant mes mots :

— Il est très doué pour la photo. Il a une façon particulière de voir le monde : un moment à la fois. Un jour, il m'a montré un cliché de ses frères, Henri et Danny. C'était l'anniversaire d'Henri, qui était en train d'ouvrir un de ses cadeaux pendant que Danny le regardait.

Angela ne bougeait pas. Sa tête était légèrement penchée en avant comme si elle attendait que je dise quelque chose d'extraordinaire. Je me suis mise à parler plus vite.

— Sam pensait avoir pris une photo d'Henri mais, lorsqu'il a développé la photo, il a vu Danny tenant sa main devant son visage, comme ça…

J'ai fait une démonstration tout en essayant de ne pas me mettre du beurre d'arachide partout. J'ai enchaîné :

— Il s'est rendu compte qu'en fait le vrai sujet de la photo était Danny, qui était tout excité et nerveux à cause du cadeau qu'il avait fait à Henri. Pour Sam, la vraie photo, c'était celle-là.

Ma voix a fléchi. Angela ne m'écoutait plus.

Elle m'a regardée de ses grands yeux verts.

— Il pourrait faire des portraits de moi.

Je n'ai rien trouvé à lui répondre. Alors, elle est allée se coucher et je me suis dépêchée de finir mon sandwich. Tout ça m'avait complètement coupé l'appétit. En rangeant mon assiette dans le lave-vaisselle, j'ai repensé à notre conversation et je me suis dit que j'aurais aimé que quelqu'un soit là pour prendre une photo et voir ce que celle-ci aurait révélé.

Puis, ma mère a passé la tête par la porte. J'ai lâché :

— Salut, m'man.

Elle a ouvert le frigo et m'a demandé :

— Tu veux du jus d'orange ?

— Non, merci.

Elle s'est versé un verre de jus et s'est assise.

— As-tu passé un bon week-end ? Le labyrinthe était-il aussi bien que d'habitude ?

Elle a pris une gorgée de jus.

J'ai marmonné :

— C'était formidable.

— Bon. Angela t'a parlé de la petite fête pour le mariage ? Tu n'es pas obligée d'y participer. C'est vrai. Tu sais, je ne suis pas exactement une jeune mariée et je n'ai pas besoin…

— J'y serai, ai-je déclaré.

— Tu en es sûre ?

J'ai hoché la tête tout en ramassant les miettes de mon sandwich avec un linge.

— Jes ?

— Oui ?

— Je sais que mon futur mariage m'a monopolisée et que tu n'as pas été souvent à la maison, mais il faut que nous parlions de ce que je t'ai dit l'autre jour.

— Je ne veux pas, ai-je répondu la main sur la poignée de la porte et les yeux fixés sur le plancher.

Elle s'est levée de table sans avoir l'air de savoir où aller.

— Je suppose que j'aurais dû te mettre au courant depuis longtemps.

J'ai lâché :

— Non, tu n'aurais pas dû. Tu n'aurais jamais dû aborder ce sujet.

Et j'ai quitté la pièce.

Le lendemain, l'ambiance était plutôt froide à la maison. On aurait dit que ma mère m'avait mise sur sa liste de choses dont il fallait s'occuper après le mariage. J'ai décidé de ne participer aux préparatifs des noces que si c'était nécessaire.

— Jes, tu veux venir avec nous acheter des décorations ? m'a demandé Angela après le petit-déjeuner. Dell nous accompagne. Elle a de super-idées.

— Je vous fais confiance.

J'étais en train de désherber la cour quand Dell est arrivée. Elle a lancé :

— Hé, Jes, tu viens avec nous au centre commercial ?

J'ai fait semblant de m'évanouir et de tomber contre le mur de pierres.

— Je me sens mal rien que d'y penser.

Elle a souri et a dit d'une voix grave :

— Ses genoux se sont transformés en gélatine à la seule pensée de… pénétrer dans le centre commercial.

— Gélatine. Bon choix de mot, Dell.

Son sourire a disparu et elle a haussé les épaules.

Soudain, j'ai ressenti de la colère envers Marshall à cause de ce qu'il faisait à Dell, de ce qu'il lui volait. Il était comme un ver qui rongeait son âme de l'intérieur. Sans réfléchir, j'ai enlevé mes gants de jardinage et j'ai obligé Dell à s'asseoir sur le banc en bois.

217

Elle m'a obéi. Elle me faisait confiance.

— Qu'est-ce que tu as?

J'ai lâché:

— L'autre jour, dans le champ de maïs... Oh, Dell, j'aurais dû t'en parler tout de suite!

— Me parler de quoi?

— J'ai vu Marshall et Angela ensemble.

— Et alors?

— Ils s'embrassaient. Dans le labyrinthe. Je les ai vus s'embrasser.

J'ai insisté sur ces mots, parce que Dell me regardait d'un drôle d'air, comme si elle ne comprenait pas mes paroles.

Elle s'est levée du banc lentement.

— Je suis désolée, Dell. Elle prétend que c'est lui, qu'elle ne voulait pas...

Je m'étais mise dans le pétrin. Devais-je en dire plus? Pourquoi avais-je mentionné ce qui avait eu lieu?

J'ai continué:

— C'est juste que je déteste l'idée que tu ne sois au courant de rien. Tu dois savoir qui Marshall est vraiment.

J'ai revu ma mère, la veille, dans la cuisine, qui essayait de faire exactement la même chose avec moi. J'ai chassé cette vision.

— Je suis désolée, Dell.

Elle est restée silencieuse pendant qu'elle enroulait une mèche de cheveux autour de son doigt, comme si elle faisait quelque chose de très important.

Elle a déclaré doucement :

— Tu n'as pas besoin d'être jalouse de Marshall.

— Tu ne me crois pas ? ai-je demandé d'une voix aiguë.

Je n'aurais jamais imaginé qu'elle réagirait comme ça. Elle niait la vérité.

— Je ne sais pas quoi penser. Tu as changé, Jes.

— J'ai changé ? Et toi ? Je ne te reconnais plus quand tu es avec Marshall. Maintenant, il te fait même douter de toi !

J'aurais pu ajouter « et de moi », mais je me suis tue.

Elle a secoué ses boucles rousses.

— Tu veux que les choses restent comme elles sont jusqu'à ce que tu sois prête à les voir changer. C'est impossible. Tu ne peux pas espérer que la Terre s'arrêtera de tourner pour toi.

Ce qu'elle disait était en partie vrai, mais reposait sur un mensonge. Et je n'avais pas menti. Je les avais bel et bien vus.

— Angela craignait que tu sois jalouse de Marshall et de moi, de Sam et d'elle. Jes, je crois bien que je suis amoureuse de Marshall. Ne me force pas à choisir entre toi et lui.

Ma tête tournait. J'avais l'impression que l'univers avait perdu son centre de gravité et qu'il dérivait dans l'espace.

J'ai pris une grande inspiration.

— Je suis peut-être un peu jalouse d'Angela et de Sam, d'Angela et de toi.

En disant cela, j'ai eu la sensation que je venais de me libérer du poids qui écrasait ma poitrine. Malheureusement, ça n'a pas duré.

— Mais je ne te mens pas, Dell, parole d'honneur.

Dell et moi nous étions juré depuis le début de notre amitié que notre parole serait sacrée et qu'elle exclurait tout mensonge. Nous n'avions jamais douté l'une de l'autre ni prononcé ces mots à la légère.

Elle n'a rien répondu.

Puis, Angela est sortie de la maison. Quand Dell est passée à côté d'elle, Angela a demandé : «Qu'est-ce qui ne va pas?»

Dell a continué à s'éloigner et est entrée dans la maison.

— Tu aurais mieux fait de laisser tomber, a lâché Angela, et elle l'a suivie à l'intérieur.

Tout mon corps était engourdi. J'étais devenue la méchante. Il fallait que je parte.

Chapitre 17

Je me suis assise tout au fond du bus. J'ai posé mon sac à dos sur le siège d'à côté pour être sûre d'avoir la paix. J'avais fait ce trajet seule à plusieurs reprises quand mon père passait un mois au chalet pendant l'été et que je le rejoignais les fins de semaine. Bizarrement, à tous les coups, j'attirais des grand-mères qui s'empressaient de me montrer des photos de leurs petits-enfants. D'habitude, ça ne me dérangeait pas trop — elles avaient souvent des friandises qu'elles partageaient avec moi — mais, aujourd'hui, j'avais envie d'être seule.

J'ai regardé les arbres défiler par la vitre maculée de traces de doigts laissées par les enfants. J'avais écrit une note expliquant que j'étais partie rejoindre mon père. Je pensais disposer d'un jour, peut-être de deux, avant que ma mère ne me mette le grappin dessus.

Je m'étais fait un programme : je passerais ces deux jours à nager, à pêcher et à faire la toupie. Je ne voulais voir personne. Je n'avais qu'une envie : m'imprégner de Mara. C'est la seule chose vraie qui me restait.

J'ai salué le chauffeur de la main quand le bus s'est éloigné en crachant un nuage de fumée noirâtre. J'ai évité exprès le chalet des Schmidt même si j'étais quasiment certaine qu'ils n'étaient pas là.

En arrivant, je me suis jetée dans le lac et j'ai nagé jusqu'à ce que mon corps me fasse mal. Ensuite, j'ai saisi ma canne à pêche et j'ai lancé la ligne à l'eau, mais je n'ai attrapé qu'une horrible roussette, que j'ai remise dans le lac. Comme j'avais faim, j'ai décidé de me faire des hot-dogs pour le souper, mais j'ai dû me contenter de saucisses, parce que je n'avais trouvé dans le placard de la cuisine que de petits pains moisis.

Le téléphone a sonné. Je n'ai pas répondu.

J'ai allumé un feu et j'ai fait griller trois saucisses accompagnées d'un épi de maïs. Je les ai mangés en regardant le soleil se coucher. Le ciel est passé d'un bleu azur à un gris pâle, puis d'un gris foncé à un noir d'encre. La lune formait un mince croissant argenté. Même si Sam prétend qu'elle ressemble à un ongle de grand-père à ce stade-là, c'est ainsi que je la préfère, parce qu'on peut la voir de deux façons : d'abord, on ne distingue qu'un fin lambeau de lumière ; avec un peu de persévérance, on devine une ombre et la lumière du soleil qui se cache derrière.

Mes yeux étaient rivés sur le quartier étincelant. On aurait dit qu'il n'y avait rien d'autre. Ça m'a rendue triste.

J'ai éteint le feu, je me suis mise debout et j'ai levé les bras vers les étoiles. J'ai tournoyé et essayé de retrouver les sensations habituelles, de me perdre dans la lueur liquide des étoiles, de sentir la Terre disparaître et de flotter à l'intérieur de la traînée lumineuse. Mais je n'ai rien ressenti. J'étais simplement là, sur la plage, les pieds dans le sable froid et humide, les bras en l'air comme une idiote. La magie avait disparu.

Cette nuit-là, je n'ai pas réussi à trouver le sommeil. Dans le chalet, des ombres inconnues dansaient sur les murs. J'ai fini par traîner mon sac de couchage dehors. Je l'ai installé sur une chaise longue, sur la galerie, et je me suis enroulée dedans. Une odeur inconnue montait de l'eau aussi noire que du goudron. L'odeur dense de la nuit.

On ne percevait plus la lune. Même la lueur des étoiles semblait diluée dans la noirceur du ciel. Jamais je n'aurais pensé que Mara puisse être aussi sombre. J'ai ramené le sac de couchage sur moi. Comme dans un tableau, les bateaux amarrés au quai semblaient figés pour l'éternité, ainsi que le ponton et les bouées au loin. Ce calme trop grand m'angoissait.

Pendant toutes les années où j'étais venue ici, Mara avait été un lieu accueillant, amical. Pas cette nuit-là. J'ai frissonné de nouveau. Pour rien au monde je ne serais entrée dans l'eau du lac. Si je l'avais fait, je suis sûre que je n'en serais jamais ressortie. La seule lumière prove-nait des camions passant sur la route parallèle au lac, mais elle ne perçait pas la noirceur : elle glissait simplement dessus.

J'ai fermé les yeux et j'ai essayé de me convaincre que tout cela n'était qu'un cauchemar.

Quand je me suis réveillée, j'avais le nez gelé. Dans le ciel violet, des nuages orangés encerclaient la cime des montagnes. Le soleil était encore loin derrière l'horizon, mais il y avait suffisamment de clarté pour ramener le lac à la vie. J'entendais les poissons sauter pour attraper leur repas. Bercée par la brise, l'eau formait de petites vagues qui venaient mourir sur la plage. Mon angoisse de la nuit avait disparu.

J'ai pris mon sac de couchage et je me suis dirigée vers le chalet pour y poursuivre ma nuit. Mais quelque chose avait changé. J'avais vu Mara sous un jour que je ne connaissais pas, et prétendre le contraire n'y aurait rien changé.

Plus tard, j'ai aperçu le visage de Léonard à travers la fenêtre. J'ai pensé que le mieux serait de le faire entrer.

— Tu viens pêcher ? m'a-t-il demandé.

— Ouais.

Nous sommes restés silencieux jusqu'à ce que nous arrivions au milieu du lac. La brume du matin dansait autour de nous, et les mouettes nous suivaient en criant.

Léonard a lancé sa ligne à l'eau, puis il m'a dit :

— J'ai téléphoné à ta mère pendant que tu te préparais. Je l'ai avertie que tu étais ici.

— Elle était en colère ?

Il a haussé ses épaules noueuses.

— Elle aurait des raisons de l'être.

J'ai grimacé :

— Je comprends. Mais sa voix ne laissait rien paraître, n'est-ce pas ? Si sa colère était refoulée, il n'y a pas pire.

Il a penché très légèrement la tête et a simplement dit :

— Elle t'aime.

J'ai demandé :

— Est-ce qu'elle vous manque ?

Il a hoché la tête et s'est enquis :

— Et à toi ?

Je me suis concentrée sur ma ligne. Elle était emmêlée. Quand j'ai réussi à défaire tous les nœuds, j'ai lancé le fil. Il s'est courbé dans l'air en vibrant et a atterri loin du bateau.

— Bravo, Jes !

— Je m'ennuie de la personne qu'elle était avant. De notre complicité. Pourquoi tout doit-il changer ?

J'ai senti une secousse au bout de ma ligne et je me suis dépêchée de tourner le moulinet, mais je n'ai ramené que des herbes.

J'ai fini par laisser tomber la pêche et je me suis appuyée contre les gilets de sauvetage. J'ai abaissé ma casquette sur mon visage pour me protéger du soleil.

— Puis-je te raconter une histoire ? m'a demandé Léonard.

J'ai hoché la tête, et ma casquette a glissé sur mon nez.

— Tu sais qui était Bouddha ?

— Un fils à papa qui a tout abandonné pour trouver la lumière.

J'ai répondu ça en essayant de me souvenir si Léonard m'avait déjà parlé de lui. Il connaissait des tas d'histoires et, parfois, je les mélangeais.

J'ai ajouté :

— Il s'intéressait aussi à la souffrance.

Léonard a souri.

— Eh bien ! on ne peut pas dire qu'il s'y intéressait. Il pensait qu'elle faisait partie de la vie et qu'il ne fallait pas en avoir honte.

Il a lancé sa ligne à l'eau.

— La nuit où Bouddha a atteint l'illumination parfaite, il a été attaqué par les armées de Mara...

Je l'ai interrompu et j'ai regardé par-dessous ma casquette :

— C'est vrai ? Mara ?

— Mara était un démon et le dieu de l'illusion, m'a expliqué Léonard tout en laissant sa ligne s'enfoncer doucement dans l'eau.

Il a poursuivi :

— Bouddha était assis sous l'arbre de la bodhi, c'est-à-dire de l'illumination, lorsque Mara s'est approché de lui et a essayé de troubler sa concentration en provoquant toutes sortes d'apparitions effrayantes et de tentations. Mais Bouddha n'a pas succombé. Il a même été capable de surmonter sa colère, parce qu'il considérait

Mara avec un cœur plein de compassion. Alors, Mara, vaincu, est reparti. Il est revenu plusieurs fois se battre contre Bouddha ou essayer de le déstabiliser. À chaque fois, Bouddha l'a reconnu et a résisté à la tentation. «C'est encore toi, Mara?» demandait-il simplement, et Mara s'enfuyait.

Je l'ai écouté raconter son histoire. Le son des mots ressemblait au clapotis de l'eau contre le bois patiné du bateau. C'était tout sauf réconfortant. Le vent s'est mis à souffler. Même si le ciel était clair, il semblait faire plus froid. Des vagues se sont formées sur le lac, poussées par la brise. Je ne comprenais pas l'histoire de Léonard. Elle ne me plaisait pas. J'ai trempé ma main dans l'eau; elle était toujours chaude.

J'ai murmuré:

— Je ne crois pas qu'il s'agisse d'une illusion.

— C'est ce qu'on pense sur le moment. Ce que l'histoire nous apprend, c'est qu'il faut savoir reconnaître les illusions et se demander où est la vérité. Et ça, on ne peut le savoir qu'avec un cœur plein de compassion.

Soudain, j'ai ressenti de la colère.

— Pourquoi m'avez-vous raconté cette horrible histoire? Et si je ne pouvais plus jamais voir Mara de la même façon? Et si vous aviez tout gâché? Et si *tout* était gâché?

Il a semblé surpris par mon accès de colère et s'est penché pour me toucher le pied. Je me suis reculée.

— Voir les choses telles qu'elles sont ne peut pas vraiment les gâcher, Jes. Ça ne peut que révéler la vérité.

Je ne pouvais pas lui répondre et encore moins le regarder. Et si la vérité ne m'intéressait pas ? Et si je préférais l'illusion, le lac lumineux et étincelant au monstre noir, capricieux et torturé ?

J'ai détourné les yeux et concentré mon attention sur les remous provoqués par le bateau que Léonard conduisait maintenant vers le rivage. Sur le quai, j'ai vu mon père qui nous attendait.

Il nous a aidés à amarrer le bateau. Je suis descendue très vite. Je ne voulais pas lui parler. À voir son expression, j'ai su que ma mère lui avait tout raconté. Il savait que je savais et il n'arrivait pas à soutenir mon regard.

Il a dit au revoir à Léonard, puis il s'est approché de moi et m'a serrée dans ses bras. Mais c'était bizarre — vide.

— Tu nous as fait une sacrée peur, fripouille.

— Ne m'appelle pas comme ça.

— Oh ! je suppose que tu es trop grande maintenant. Je me souviens quand tu as perdu tes deux dents de devant. C'est là que j'ai commencé à… hum…

Il n'a pas achevé sa phrase.

— Es-tu venu pour me ramener à la maison ? Parce que j'aimerais mieux rester ici jusqu'au mariage. Je ne veux pas retourner là-bas. Je dérange.

— Ta mère est vraiment bouleversée, Jes. Très inquiète. Tu ne la déranges absolument pas.

— Tu n'en sais rien. Comment pourrais-tu savoir ? Je dérange. Elle ne pense qu'à ce mariage ridicule et à cette stupidité de bonheur éternel.

— Ne parle pas de ta mère comme ça.

— Tu n'as plus le droit de me dire comment parler de ma mère, ai-je répliqué en marchant jusqu'au bord du quai.

— Ce n'est pas contre elle que tu devrais être en colère, mais contre moi. J'aurais dû tout t'expliquer il y a longtemps. Mais je ne supportais pas l'idée de te décevoir.

Il m'a regardée dans les yeux et j'ai compris que tout était vrai. Je suppose que je le savais déjà. Mais, maintenant, je le ressentais au plus profond de mon être.

— Sois en colère contre moi, Jes. Pas contre ta mère.

— Je ne peux pas être en colère contre toi, papa.

J'ai trituré ma casquette dans tous les sens. J'ai fini par la remettre sur ma tête.

— Je ne peux pas. Tu es trop triste tout le temps. Tu lis des livres tristes, tu vis dans un immeuble triste… Tu fais de tristes petits boulots. Tu manges de la nourriture triste.

Je me suis éloignée.

— Je ne peux pas.

Des larmes se sont formées dans mes yeux. Dans les siens aussi.

— Jes, reviens. Parlons de tout ça.

— Ça ne changera rien.

Dès que mes pieds ont foulé le sable de la berge, j'ai couru vers le bois. Quand je suis arrivée à la lisière, j'ai regardé derrière moi. Mon père était toujours là. Il avait l'air tout petit. C'est la première fois de ma vie que je le voyais comme ça.

J'ai couru presque sans m'arrêter jusqu'à la corde de Tarzan, empruntant le sentier et grimpant jusqu'en haut de la falaise. Des nuages noirs s'amoncelaient au-dessus des collines. Une tempête se préparait. Je sentais le froid humide de l'eau. Puis, j'ai remarqué que le bateau des Schmidt venait dans ma direction. Je me suis demandé si mon père le leur avait emprunté, avant de remarquer que c'était Sam qui le conduisait.

Je me suis cachée derrière les arbres jusqu'à ce que je sois sûre qu'il m'avait dépassée. Je savais que, si je me retrouvais face à face avec lui, je lui raconterais tout : mon père, Angela, Marshall… Ça déboulerait, et je ne pouvais pas prendre ce risque-là. Je ne voulais pas le perdre, lui aussi. J'ai pensé à la stupide histoire de Léonard. Et si l'amour était une illusion ?

Quand le bruit du moteur a disparu dans le lointain, je me suis approchée du bord de la falaise. J'ai enlevé le pantalon de survêtement que je portais au-dessus de mon maillot de bain et j'ai saisi la corde. Elle était rude et sèche. Je l'ai serrée pendant un long moment. Le vent avait tourné, et je savais qu'il n'allait pas tarder à pleuvoir.

J'ai fermé les yeux et j'ai essayé de m'élancer mais, au dernier moment, je les ai ouverts. J'ai vu l'eau couverte d'écume qui tourbillonnait plus bas. J'ai été prise de vertige et je me suis écartée brusquement. Je serais tombée si une soudaine bourrasque ne m'avait pas permis de retrouver mon équilibre. Je me suis cognée contre une souche et me suis agrippée à tout ce qui pouvait me retenir — la terre, une roche...

Je me suis mise à pleurer. Je n'étais pas blessée. Tout ce que je voulais, c'était sauter. Toute seule. Ça aurait signifié quelque chose.

Me retrouver assise par terre, apeurée et seule — ça aussi, ça voulait dire quelque chose.

La pluie a commencé à tomber tard dans l'après-midi. J'allais devoir rentrer : ma mère n'avait pas accepté que je reste au chalet jusqu'au mariage. Je n'avais même pas essayé de la faire changer d'avis.

En me reconduisant chez ma mère, mon père s'est efforcé d'engager la conversation.

— Après le mariage, nous pourrions partir tous les deux pendant une semaine avant que l'école reprenne.

— Oui, peut-être, ai-je répondu.

— Ou encore rester au lac.

— OK.

Nous avons traversé la ville, puis nous sommes arrivés dans notre rue. Dans l'allée, mon père m'a dit en regardant le volant :

— C'est la pire bêtise que j'ai jamais faite.

J'ai pris mon sac à dos et j'ai ouvert la portière.

— Sans blague !

Je l'ai regardé pendant une seconde et je me suis demandé si je le connaissais vraiment. Peut-être que je m'étais inventé un père qui ressemblait à celui dont je me souvenais. J'ai monté les escaliers en courant et j'ai claqué la porte derrière moi.

Chapitre 18

Quand je suis entrée, ma mère avait l'air troublée.

Cal était assis dans le fauteuil en cuir — le fauteuil de lecture — où le fantôme de mon père était resté longtemps après la séparation de mes parents. Ma mère avait proposé que mon père prenne le fauteuil, mais il avait refusé, et je lui en avais toujours été reconnaissante. Mais là, j'aurais préféré ne pas être obligée de voir un autre homme installé dedans comme s'il lui appartenait.

Soudain, tout ce que mes parents avaient fait au cours des cinq dernières années m'a semblé égoïste. Ils n'avaient pensé qu'à eux. Le reste n'était que mensonge, camouflage. Une illusion, comme dans l'horrible histoire de Léonard.

J'ai dû rester comme ça longtemps, parce que ma mère a fini par s'approcher de moi en s'éclaircissant la voix.

— Jessica, nous étions vraiment inquiets.

Nous. Elle formait un « nous » sans moi ni mon père. Même si nous étions à l'autre bout du monde, elle serait « nous ».

Cal s'est maladroitement extirpé du fauteuil et a failli renverser le repose-pied.

— Je vais vous laisser seules.

Ma mère a tendu le bras.

— Non. Ne t'en va pas.

— Au pied ! ai-je murmuré quand Cal a hésité entre se rasseoir et rester debout.

J'ai presque eu pitié de sa gaucherie.

— Jessica, c'était déplacé, a aboyé ma mère.

J'ai fait semblant de ne pas l'entendre.

— Ma mère aime bien tout contrôler, Cal. Il va falloir que tu t'y habitues.

Le visage de ma mère est devenu d'un vilain rouge et j'ai ressenti une certaine nervosité. Mais aussi une sensation nouvelle et inconnue — comme un sentiment de puissance.

Cal a lâché :

— Elli, ça va. Je vais aller à la cuisine.

Et il est sorti.

J'ai vu que ma mère prenait deux grandes inspirations, ce qui m'a laissé le temps de me diriger vers le fauteuil et de m'affaler dedans. Le cuir a crissé, et son odeur m'a enveloppée.

— Tu dois des excuses à Cal, a-t-elle fini par dire.

— Je ne lui dois rien du tout.

Elle a enchaîné :

— Reprenons depuis le début.

Elle s'est assise en face de moi et a secoué très fort la tête.

Elle a pris une autre grande inspiration pour se calmer. Cela a eu l'effet inverse sur moi. Elle se transformait en ma-mère-la-thérapeute et je savais ce qui allait suivre.

Elle a commencé :

— Aide-moi à comprendre.

J'ai marmonné les mots en même temps qu'elle. Ce n'était pas difficile, je les avais déjà entendus tellement de fois ! Elle est devenue toute rouge.

— Mais qu'est-ce que tu veux ? a-t-elle demandé.

Sa voix était rauque. On avait l'impression qu'elle s'étouffait en prononçant ces mots.

J'ai secoué la tête.

— Écoute, Jes, que veux-tu que je fasse ?

Maintenant, elle m'implorait presque.

Quelques jours plus tôt, j'aurais dit que je voulais que les choses redeviennent comme avant, quand j'étais heureuse, quand tout allait bien entre mon père et elle, quand elle était enceinte d'Alberta. Comme ces mois que nous avions vécus avec ma petite sœur. Je revoyais ma mère qui l'allaitait, et moi, qui la regardais, fascinée. J'entendais encore les chansons idiotes que mon père inventait pour aider Alberta à s'endormir. Il prétendait qu'il m'avait chanté les mêmes. Mais, maintenant, je savais que tout cela n'était que des illusions qui vacillaient avant de s'évanouir. Je n'arrivais plus à discerner ce qui était réel. Peut-être que j'avais inventé tous ces souvenirs heureux.

J'ai fini par répondre :

— Rien.

— Tu veux que j'annule le mariage ?

J'ai répliqué très vite :

— Tu le ferais ?

Elle a ajouté d'un air triste :

— Ça ne réglerait rien. T'es-tu imaginé que ton père et moi pourrions revivre un jour ensemble ?

— Bien sûr que…

Les mots se tortillaient comme un poisson au bout d'un hameçon. J'avais l'intention de dire : « Bien sûr que non ! » C'est ce que ma tête me dictait, mais pas mon cœur, et je n'ai pas pu finir ma phrase. Les mots sont restés suspendus dans le vide.

Je parie que, pour la première fois de sa vie, ma mère était, elle aussi, à court de mots.

En passant dans le couloir, j'ai aperçu mon image dans une glace. On aurait dit un de ces reflets qu'on voit dans les miroirs déformants aux fêtes foraines. Je ressemblais à une masse informe, tassée sur elle-même, indescriptible. J'avais toujours trouvé ce dernier mot stupide quand je le lisais dans un livre. Comment une personne ou une chose pouvaient-elles être tellement quelconques qu'on ne pouvait trouver de mots pour les décrire ?

Je me suis rapprochée du miroir. J'ai cherché le mot qui pouvait me décrire. Mes yeux fixaient ceux de mon reflet. Il n'y avait personne en face de moi.

Quand je suis entrée dans ma chambre, le changement était frappant, et Angela avait l'air d'être parfaitement chez elle. J'avais été remplacée par la fille idéale. Elle jouait superbement son rôle. De plus, elle lavait la vaisselle, probablement les vitres aussi. Elle avait de nouveau fait le ménage. J'avais beau essayer d'occuper le plus possible mon espace, qui n'arrêtait pas de rétrécir — j'éparpillais mes chaussettes, je lançais mes gilets au hasard, je laissais traîner des livres à moitié ouverts —, elle réussissait à donner l'impression que je n'avais jamais existé. Elle m'avait effacée.

Elle était sur son lit, enveloppée dans une couverture — la mienne — et lisait un magazine.

Elle a levé la tête en m'entendant. Elle semblait soucieuse.

— Salut !

Elle a sauté du lit et m'a serrée dans ses bras.

— J'étais tellement inquiète ! Ta mère paniquait complètement, et Cal aussi !

— Je suis désolée, ai-je murmuré en passant rapidement à côté d'elle.

J'ai jeté mes affaires sur mon lit. Du sable et du gravier sont tombés sur le plancher. J'avais fait mon sac en vitesse. Une odeur d'humidité a envahi la pièce.

J'ai ajouté :

— J'avais juste besoin de m'éloigner.

— À cause de ta conversation avec Dell ? Je lui ai parlé, je lui ai tout expliqué. Je lui ai dit que tu essayais de la protéger.

Angela avait expliqué mon comportement à ma meilleure amie ? J'ai senti l'indignation monter en moi. Mais je me suis contrôlée.

Pour me donner une contenance, j'ai secoué mes vêtements. J'ai vaguement entendu Angela soupirer.

— Je viens juste de passer l'aspirateur.

J'ai continué à secouer mes vêtements. Je me suis dit que, la prochaine fois, j'apporterais un seau de sable et que je le viderais autour de mon lit rien que pour voir la tête qu'elle ferait.

J'étais en train de me demander si tout ça n'était pas un peu puéril quand Cal a frappé à la porte et annoncé qu'il y avait un appel téléphonique pour Angela. Il est entré dans la chambre et lui a tendu le téléphone sans fil en lui précisant :

— C'est ta mère.

Angela est sortie en me laissant avec Cal.

— Je suis content que tu ailles bien. Tu devrais prendre un peu de repos.

Puis, il a quitté la chambre.

Je me suis affalée sur mon lit. J'avais du sable sous les pieds. C'était désagréable. Mais quelle importance ? C'était ma chambre, après tout. Personne n'avait obligé Angela à faire la bonne. Le mariage était dans deux semaines. Après, Angela partirait. Les choses ne seraient pas comme avant, mais au moins je récupérerais mon espace. Peut-être que je m'achèterais une plaque de cuisson et que je préparerais mes repas dans ma chambre. Je pourrais aussi y cultiver un petit potager et, pourquoi pas, avoir une poule ou deux.

J'étais en train de m'inventer une chambre de rêve, avec une échelle pour sortir par la fenêtre, quand Angela est revenue. Elle était toute rouge, inhabituellement perturbée. Je me suis demandé ce qui avait bien pu la mettre dans cet état. Ses cheveux en désordre lui donnaient l'air négligé.

— Que se passe-t-il ?

Elle est restée au milieu de la pièce comme si elle ne savait pas quoi faire.

— Allons magasiner, a-t-elle dit brusquement.

— Je crois que je suis privée de sortie.

— Nous dirons aux parents que nous allons acheter un cadeau de mariage. Il faut que je prenne l'air.

Magasiner était la dernière chose que j'avais envie de faire, mais attendre une conversation inévitable avec ma mère ne semblait pas particulièrement folichon non plus.

J'ai dit : « Accepté ! », et Angela a semblé soulagée.

Elle a réussi à convaincre ma mère et Cal. Je m'étais mise à l'écart et je la regardais faire, impressionnée par la façon dont elle s'y prenait. Elle avait l'air sûre d'elle, comme si rien ne s'était passé.

— Tu ne veux pas que nous parlions de la conversation que tu viens d'avoir avec ta mère ? a demandé Cal.

Son visage, habituellement lisse, était empreint d'inquiétude.

Angela a secoué la tête et a fait un large sourire.

— Plus tard.

— Désirez-vous que je vous conduise en voiture ? a demandé ma mère.

Angela a répondu pour moi :

— Nous allons prendre le bus.

Nous sommes parties en promettant d'être rentrées avant la tombée de la nuit.

Quand nous sommes parvenues au coin de la rue, le bus arrivait, et nous avons couru pour l'attraper. Dès que nous sommes montées à bord, tout le monde — y compris les bébés — s'est tourné pour admirer Angela. Nous nous sommes dirigées vers deux places libres et, pendant ce court laps de temps, elle a reçu deux demandes en mariage et une proposition beaucoup moins honnête. Elle semblait imperméable à toute cette attention. Elle s'est assise, le regard fixe.

— Je dois reconnaître que tu sais t'y prendre avec les parents.

Angela a eu un petit rire sans joie.

J'ai demandé :

— Qu'est-ce qu'il y a ?

Elle est restée muette.

J'ai regardé les arbres et les poteaux téléphoniques défiler pendant que le bus avançait péniblement au milieu des voitures.

J'ai essayé de faire la conversation :

— Alors, qu'est-ce que ta mère voulait ?

Angela n'a pas desserré les dents. Je l'ai observée. Elle serrait les mâchoires, et les muscles de ses joues étaient crispés.

— Avant, je jouais au soccer, a-t-elle lâché.

J'ai hoché la tête. Ce n'était pas vraiment la réponse que j'attendais, mais tant pis.

Elle a continué :

— J'étais plutôt bonne. C'était le dernier match de la saison et ma mère avait promis de venir. Je devais avoir douze ans environ.

Elle a haussé les épaules.

— J'étais avant-centre et c'était un match important. Nous avions une chance de remporter la finale régionale. Je ne pensais pas vraiment qu'elle allait venir — elle n'avait pas assisté à un seul match de la saison — alors je n'ai pas vérifié si elle était arrivée. Je voulais être en possession de tous mes moyens pour jouer.

J'ai hoché la tête même si Angela ne me regardait pas.

— Juste avant que la partie commence, je n'ai pas pu m'empêcher de lever les yeux vers les gradins. Elle était là. Elle portait un de ses grands chapeaux et des lunettes de soleil. Ce n'était pas la tenue idéale, mais c'était mieux que rien. J'ai été formidable, Jes. J'ai marqué

241

deux buts avant la première mi-temps et un autre après. Nous avons gagné le match. Quand toute cette excitation est retombée, je l'ai cherchée et, soudain, elle était là, à côté de moi. J'avais hâte de l'entendre me dire que j'avais bien joué, que j'avais fait du bon travail.

Angela jouait avec une mèche de cheveux.

— Tu sais quoi ?

Maintenant, elle me regardait.

J'ai haussé les épaules.

— Elle m'a dit : «Je suis désolée de ne pas avoir assisté au match. L'audition a duré plus longtemps que prévu, mais je crois que j'ai décroché le rôle. Allons fêter ça !»

J'ai posé une question stupide :

— Elle mentait ?

Angela a secoué la tête. Elle avait l'air fatiguée.

— Non. Elle n'était pas venue. La femme au chapeau ne lui ressemblait pas du tout, mais je m'étais efforcée de croire que c'était ma mère. J'avais tout inventé. Comme toujours avec elle. Ma mère, elle n'existe même pas.

Je me suis sentie mal à l'aise.

— Tu n'as jamais fait ça ? a-t-elle poursuivi. Te mentir pour te convaincre qu'une personne est exactement comme tu voudrais qu'elle soit ?

J'ai fait oui de la tête.

— Moi, c'est fini. Je ne le ferai plus jamais.

— Tu devais être vraiment triste.

Elle a secoué la tête.

— Non. Il faut juste être plus forte que la douleur. Je suis immunisée contre elle.

— Alors, tout à l'heure, au téléphone, qu'est-ce qu'elle te voulait?

— Elle a obtenu un rôle débile dans un feuilleton télévisé. La chance de sa vie. Elle croit que ce serait mieux que je reste ici.

Les paroles d'Angela étaient inaudibles. Je l'entendais vaguement dire que les feuilletons étaient ridicules, mais les seuls mots qui résonnaient dans ma tête étaient: «Elle croit que ce serait mieux que je reste ici.»

C'était une perspective épouvantable. Mon cerveau refusait de fonctionner. Angela, ici, pour toujours. Je ne pouvais penser à rien d'autre.

Quand le bus s'est arrêté devant le centre commercial, nous nous sommes dirigées vers la porte.

— Tu n'as pas envie que je reste, n'est-ce pas?

J'ai hésité:

— Euh, je n'ai pas dit ça!

Un homme m'a bousculée et j'ai failli perdre l'équilibre. Je n'ai pas entendu la réponse d'Angela.

Je l'ai suivie dans le centre commercial. Nous avons marché sans but pendant ce qui m'a semblé être un très long moment. J'ai commencé à freiner l'allure. Soudain, la fatigue des derniers jours m'a submergée.

— Je suis vraiment crevée, ai-je déclaré en gémissant un peu.

— Je vais porter ton sac à dos, a proposé Angela en ralentissant à peine.

Je le lui ai tendu tout en la suivant à l'intérieur d'un grand magasin à l'éclairage agressif. J'avais l'impression que la lumière de chaque ampoule fluorescente me vrillait le cerveau. J'aurais dû lui répondre quelque chose dans l'autobus. Mais quoi? Que j'avais déjà prévu installer un poulailler dans sa moitié de chambre? Qu'elle ne faisait pas partie de mon projet de potager bio? Que j'avais des sueurs froides rien que d'y penser?

Nous avons continué à marcher et j'ai fini par m'arrêter. Je me suis appuyée contre un pilier de faux marbre.

— Il faut que je boive. Continue sans moi.

Elle m'a regardée, impassible.

— Je vais voir si je trouve quelque chose. Attends-moi ici.

J'ai hoché la tête et je me suis effondrée sur un banc. J'ai vu Angela se frayer un chemin parmi les rayons encombrés de marchandises.

Veinarde comme je suis, il n'a fallu que quelques minutes avant qu'une vieille dame vienne s'asseoir à côté de moi et me brandisse sous le nez des photos de ses petits-enfants.

— Lui, c'est Thomas, et le plus vieux, c'est son frère, Gérald, qui fait des grimaces.

— Tom et Jerry? Pour vrai?

Sur le coup, elle a eu l'air perplexe, puis elle a finalement compris et s'est mise à rire en faisant «ho! ho! ho!»

comme le père Noël. J'étais en train de rire moi aussi quand Angela est arrivée vers nous l'air pressé.

J'ai demandé :

— Tu as trouvé quelque chose ?

— Cet endroit est pourri. Partons.

J'ai vu que la vieille dame n'appréciait pas son choix de mots. J'ai commencé à dire quelque chose. Je voulais lui demander de saluer Tom et Jerry pour moi, mais Angela m'a tirée par le bras.

Je me suis dégagée en protestant :

— Une minute !

Elle m'a lancé mon sac à dos. Je l'ai passé sur mes épaules.

Comme nous sortions du magasin, l'alarme s'est mise à sonner.

Chapitre 19

Ils nous ont mises dans des bureaux séparés. Je me sentais comme une criminelle même si je n'avais rien fait de mal. Un type au nom imprononçable et à l'air dégoûté m'a sermonnée et m'a expliqué les conséquences du vol à l'étalage. J'ai attendu patiemment qu'il y ait une pause dans son discours.

J'ai protesté :

— Mais je n'ai rien volé.

Il a fait une grimace comme s'il venait de mordre dans un chou de Bruxelles.

— Alors, comment se fait-il qu'on ait trouvé le collier dans ton sac à dos ? Est-il arrivé là par hasard ?

J'étais sur le point de suggérer de mon ton le plus sarcastique que l'ironie ne servait à rien quand le téléphone s'est mis à sonner.

M. Machin a pris le combiné et a dit d'un ton sec : « Faites-la entrer. »

Il y a une règle tacite relative aux ados qui dit à peu près ceci : «Celle qui fugue devrait éviter toute activité pouvant avoir des conséquences néfastes pendant au moins quinze jours.» Traduction : toujours laisser s'écouler au moins quinze jours entre deux cafouillages. Je n'avais même pas attendu vingt-quatre heures.

Ma mère m'a lancé un regard très peu professionnel avant de se tourner vers M. Machin et de se présenter en lui faisant son sourire de thérapeute.

Nous avons, une fois de plus, passé en revue la situation. J'ai répété que je n'avais rien pris. Que je n'avais jamais rien volé de ma vie. Que je n'étais pas une menteuse. Mais ils semblaient moins intéressés par mes protestations que par la façon mystérieuse dont le collier s'était retrouvé dans mon sac à dos. C'était évident, mais je n'allais pas dénoncer Angela. Je revoyais son regard quand elle m'avait lancé : «Tu n'as pas envie que je reste, n'est-ce pas ?» Et son histoire de match de soccer. Non. Je ne le ferais pas.

Finalement, M. Machin a dit :

— Va donc attendre dehors.

J'ai passé les dix minutes suivantes à éviter tout contact visuel avec la réceptionniste. Elle relevait régulièrement la tête et faisait «tss, tss». Je sentais sa désapprobation, mais j'ai continué à me cacher derrière un magazine en faisant semblant de lire un article sur l'épilation. Fascinant.

La porte s'est ouverte, et ils sont sortis. Ma mère a dit qu'elle allait s'occuper de fixer les horaires et a remercié l'homme de ne pas avoir appelé la police.

Dans la voiture, elle a actionné le démarreur avec énervement. Nous nous sommes enfin dirigées vers la route.

D'une petite voix qui n'était pas la mienne, j'ai demandé :

— Où est Angela ?

— Avec Cal. Il va la ramener à la maison. Écoute, Jes. Ce n'est pas terminé. Le gérant a accepté de ne pas porter plainte si Angela et toi faites du travail communautaire. J'ai dit que j'allais m'en occuper.

— Mais je n'ai rien fait ! Je me suis assise dans le magasin et une vieille femme m'a montré des photos de ses petits-enfants ou de ses arrière-petits-enfants ! Pourquoi ne lui as-tu pas expliqué que je disais la vérité, que je ne suis pas une menteuse ?

Ma mère a fait quelque chose qui ne lui ressemblait pas. Elle est sortie du trafic et a brusquement arrêté la voiture le long d'un trottoir. Elle a mis le frein à main et m'a regardée longuement et durement.

— Pardon ?

Je me suis ratatinée. D'ac, ai-je pensé, on fait un faux pas, on s'enfuit pendant un jour ou deux et on est marquée à vie.

J'ai demandé :

— Alors, qu'est-ce que tu lui as dit ?

Elle m'a lancé un autre regard appuyé.

— Qu'en aucun cas tu n'aurais volé un collier de perles. Une paire de souliers de course, peut-être, un collier de perles, jamais.

J'ai réfléchi.

— Alors, mon seul alibi, c'est mon mauvais goût?

Elle a hoché la tête, et son visage s'est plissé. Pendant une seconde, j'ai cru qu'elle allait crier ou pleurer. Mais elle s'est mise à rire. Un rire frustré, mais qui m'a fait me sentir beaucoup mieux. J'ai éclaté de rire aussi. C'était comme si une fenêtre venait de s'ouvrir. Une toute petite ouverture, mais suffisante pour laisser entrer un peu de lumière, un peu d'air frais.

Nous avons ri à en pleurer. Ça m'a fait du bien, parce que j'avais l'impression de retrouver ma mère.

Après nous être stationnées à la maison, nous nous sommes dirigées vers la porte d'entrée. Ma mère s'est arrêtée et m'a dit:

— Ma chérie, je sais que tu protèges Angela. Je ne comprends pas exactement pourquoi, mais fais attention, OK?

— Attention à quoi?

— Les gens ne sont pas toujours ce qu'ils semblent être.

C'était l'évidence même. Je me suis dit que, après tout, peut-être que ma mère comprenait Angela mieux qu'elle ne le laissait croire. Cette idée m'a déconcertée.

Angela était assise sur le canapé à côté de Cal. Quand nous sommes entrées, il s'est levé brusquement et s'est passé les mains dans les cheveux. Il avait l'air agité. Angela, au contraire, semblait très calme. Elle avait les jambes croisées et un bras sur le dossier du canapé. J'ai cherché son regard, mais elle a détourné les yeux.

Ma mère s'est dirigée vers Cal et l'a serré dans ses bras. On avait l'impression que personne ne savait comment se comporter. La tension était palpable, et la complicité momentanée que j'avais eue avec ma mère avait complètement disparu.

— Jes, tu peux m'expliquer ce qui s'est passé ? a demandé Cal tranquillement.

J'ai répété pour la centième fois :

— Je n'ai rien pris.

J'ai fixé Angela.

— Moi non plus, a-t-elle affirmé.

Je n'avais pas l'intention de la dénoncer : après tout, je ne l'avais pas vue prendre le collier. Mais je croyais qu'elle allait dire la vérité. J'étais vraiment stupide. Comment pouvais-je être aussi naïve ? Je l'ai regardée, bouche bée. Elle a planté ses yeux dans les miens en ajoutant :

— Il était dans *ton* sac à dos.

Elle s'est levée d'un air majestueux et a quitté la pièce.

Ma mère a décidé que je passerais quelques jours avec mon père. Je n'ai pas protesté. C'est seulement quand

251

elle m'a déposée chez lui que je me suis souvenue que je ne lui avais pas parlé depuis que nous étions revenus du lac. C'est probablement pour cette raison que ça ne m'enchantait pas vraiment de le voir.

Ils ont discuté devant la porte pendant que je défaisais mes affaires. J'étais en train de regarder la télévision quand il est entré dans la pièce. Il a pris la télécommande et a éteint la télé. Je n'ai rien dit. Il m'a fait un demi-sourire et a secoué la tête.

J'ai commencé à expliquer:

— Je n'ai rien…

— Je sais.

Il s'est penché et a pris ma main. La sienne était moite.

— Pendant cette terrible période où tout allait mal à la maison, j'ai fait quelque chose d'inexcusable. J'ai eu une brève aventure avec une collègue de travail.

Sa voix a faibli, et les larmes lui sont montées aux yeux. Je ne sais pas si elles ont coulé sur ses joues, parce que j'ai détourné le regard.

Il m'a parlé de l'autre femme. Elle avait été une amie, ils ne se voyaient plus. Il a dit des trucs à propos de ma mère, de moi et d'Alberta. Je l'écoutais plus ou moins. Ses explications me faisaient mal, mais je savais que ce n'était pas intentionnel. J'essayais simplement de respirer. De continuer à respirer. Et, pendant qu'il parlait — il devait expliquer à quel point il s'en voulait de toute la situation —, j'ai pensé à ce qu'Angela m'avait demandé dans le bus : « Tu ne t'es jamais menti pour te convaincre qu'une personne est exactement comme tu voudrais qu'elle soit ? »

Je crois que mes larmes ont commencé à couler, parce que j'ai senti leur chaleur sur mes joues. Tout ce que je savais, c'est que je détestais faire semblant. Vraiment. Alors, j'ai lâché :

— Ça va, papa. Ça va.

Il m'a prise dans ses bras et s'est mis à pleurer comme un gamin.

Chapitre 20

Je n'étais pas particulièrement emballée par la petite fête qu'Angela avait organisée pour le mariage. Étant donné que je la considérais maintenant comme névrosée, je pensais que cette réunion de femmes ne pouvait être qu'un désastre. C'est d'un air morose que nous avons accroché les banderoles et soufflé les ballons. Ma mère et Cal étaient toujours fâchés contre nous, et Angela agissait comme si de rien n'était.

La tension était tellement forte que, lorsque Cal m'a demandé d'aller chercher le gâteau avec lui, j'ai accepté.

Il conduisait depuis un petit moment quand il a lancé :

— L'autre jour, j'ai rencontré Lucie, la fillette que tu gardes.

J'ai hoché la tête.

— Elle est gentille. Elle voulait savoir si tu pouvais jouer avec elle. Elle m'a demandé à quelle vitesse je pouvais cligner des yeux.

Il a ri.

Je lui ai fait le genre de sourire qui demande un minimum d'efforts musculaires.

Il a répété « elle est gentille », mais avec moins de conviction.

En général, ce sont les adultes qui prennent l'initiative mais, si vous ne réagissez pas à leurs tentatives de conversation, ils deviennent nerveux. Les mots sont leurs amis : ils ne supportent pas le silence. Nous avons continué à rouler. Cal a rassemblé son courage et a fait une autre tentative.

— J'ai lu un roman l'autre jour.

— Ah bon ?

— Je l'ai beaucoup aimé. Je crois bien que c'était le premier livre que je lisais pour le plaisir et non pour mon travail.

Je n'ai pas pu m'empêcher d'ajouter :

— Je croyais que tu n'aimais que les « histoires vraies ».

— Oui. Mais, après ce que tu m'as dit l'autre jour, j'ai décidé de me remettre aux romans et, cette fois, ça m'a vraiment intéressé. Je ne pouvais plus m'arrêter. Et j'ai pris conscience d'une chose.

Je suis restée silencieuse, mais il a continué à parler.

— Tu avais raison à propos de la fiction et de la vérité. De la recherche de la vérité. J'étais complètement pris par la vie des personnages. J'ai pensé que ce n'était pas très différent de ce que les gens font dans la vraie vie. Nous créons tous notre propre fiction, non ?

Au secours ! Il était en train de transformer le simple plaisir de lire en une séance de thérapie.

— Nous avons une vie à vivre et nous la modifions pour créer notre propre histoire. D'une certaine façon, notre regard transforme les personnes que nous rencontrons. Quelqu'un d'autre les verrait peut-être tout à fait différemment.

Maintenant, il parlait vite et faisait des gestes de la main droite. Il était complètement absorbé par le sujet. J'avais envie de lui dire : « Conduis et tais-toi. »

— Et la façon dont nous réagissons au déroulement de l'histoire révèle aussi quelque chose sur nous, tu ne crois pas ?

J'ai marmonné :

— Je n'en sais rien.

— Eh bien, pour moi, c'est comme ça ! Et toi, comment réagis-tu aux livres que tu lis ?

On peut dire qu'il avait de la suite dans les idées. Une colère subite m'est tombée dessus. C'est venu tout seul.

— Tu as lu un livre, et alors ? Ça ne m'intéresse pas, d'accord ? Je ne suis pas ma mère. Tu n'as pas besoin de m'impressionner.

Son visage s'est crispé. Il s'est garé dans le stationnement. Il régnait un silence de mort dans la voiture.

Je l'ai regardé entrer dans la pâtisserie et je me suis sentie vraiment moche à l'intérieur. Lui aussi, il devait se sentir moche. Je le savais. J'avais réussi à créer toute cette médiocrité. C'était tellement facile !

Le retour à la maison s'est fait dans le mutisme le plus total. Lorsque nous sommes arrivés dans notre rue, Cal a dit : « Ta mère et moi pensons qu'il est préférable qu'Angela parte après le mariage. Celle-ci est d'accord. »

Il n'attendait pas de réponse et je n'ai pas fourni d'efforts pour lui en donner une. J'ai, tout simplement, fait semblant de ne pas voir la tristesse sur son visage.

J'ai marché jusque chez les Kennedy. C'était vraiment pathétique. J'allais voir si une gamine de sept ans voulait bien me tenir compagnie. Quand je suis arrivée, Lucie et sa mère sortaient de la maison. Lucie a couru vers moi, tout excitée.

— Nous allons au zoo. À un vrai zoo.

J'ai souri. Elle s'est accrochée à mes jambes. J'ai regardé sa mère. Elle n'a pas vraiment souri, mais j'ai vu une petite lueur briller dans ses yeux. Elle a expliqué :

— Nous allons voir les animaux.

Elles sont montées dans la voiture, et Lucie m'a fait au revoir. J'ai agité la main jusqu'à ce que la voiture disparaisse au coin de la rue.

Je me suis dirigée vers le parc où Sam, Dell et moi avions l'habitude d'aller quand nous étions plus jeunes. Je me suis assise sur la balançoire. La glissoire, la bascule et le tourniquet qui nous amusaient tant étaient toujours là mais, aujourd'hui, je ne voyais que les chaînes rouillées, la peinture rouge écaillée et le piètre état de la balançoire à bascule. Comment tous ces détails m'avaient-ils échappé ?

Dans le parc, de jeunes enfants m'ont dévisagée d'un air soupçonneux. Je faisais probablement partie des « étrangers » dont leurs parents leur avaient dit de se méfier.

J'étais sur le point de partir quand l'un d'eux a lancé :

— Allez, Dickie, viens te balancer.

Ils m'ont regardée, méfiants, quand je suis revenue sur mes pas.

J'ai demandé :

— Est-ce que l'un de vous est Dickie Rathbone ?

Après tout, il ne devait pas y avoir beaucoup de Dickie dans le coin.

— Oui.

— Qui es-tu ? m'a interrogée l'autre petit garçon.

J'ai répondu en le fixant jusqu'à ce qu'il baisse les yeux :

— Je suis la voix du futur.

Il s'est tourné vers Dickie, mais ce dernier ne semblait pas trop affecté par mes paroles.

J'ai plongé mon regard dans ses grands yeux aux reflets dorés, et j'ai ajouté :

— Dans la vie, tu auras seulement une poignée de vrais amis, des garçons et des filles. Ne gâche surtout pas cette amitié.

Dickie a eu un sourire hésitant et, comme je m'éloignais, j'ai entendu l'autre petit garçon lui demander : « Qu'est-ce que ça veut dire, gâcher ? »

Je leur ai lancé :

— Cherchez ce mot dans le dictionnaire ; il vous sera utile plus tard !

Sur le chemin de la maison, je suis passée devant chez Dell et j'ai failli m'arrêter. Mais mes pieds ont refusé d'aller dans cette direction. Et si elle était toujours fâchée contre moi ? Je n'avais pas vraiment envie de le savoir. Alors, j'ai continué à marcher dans la rue. Tout était si fragile ! C'était tellement facile de tout gâcher !

— Ce n'est plus de mon âge, a marmonné ma mère comme nous nous préparions à accueillir la horde de femmes qui devaient arriver d'une minute à l'autre.

— Ça va aller, ai-je dit pour nous rassurer elle et moi.

Angela a descendu l'escalier. Elle portait une mini-jupe noire et une blouse en soie transparente et noire, elle aussi.

— C'est trop ? a-t-elle demandé en contemplant sa tenue.

— C'est trop peu, ai-je répliqué en passant à côté d'elle avec les boules de fromage et les craquelins.

Ma mère a pris une grande respiration — une de ses récentes techniques de méditation — et ouvert la porte au premier coup de sonnette.

Quinze minutes plus tard, le salon était plein à craquer de femmes. Il y avait des collègues de bureau, des voisines, des amies et même quelques anciennes copines du secondaire. Amber et ma mère ont poussé des cris de joie quand elles les ont vues.

Dans la cuisine, j'ai rempli les plateaux et les verres, et j'ai tiré une ou deux bouffées des mégots encore fumants qui remplissaient les cendriers. Ma mère et Amber étaient dehors avec leurs amies du secondaire. Elles fumaient aussi, mais je crois qu'elles se cachaient.

Les conversations me parvenaient à travers la fenêtre de la cuisine. C'est ainsi que j'ai appris que Marcy avait divorcé deux fois et qu'elle avait trois enfants. Que Jen, toujours célibataire, possédait trois chats et que Benita allait se marier dans six mois. Ma mère a offert de lui donner tous les numéros de téléphone et les contacts qu'elle avait accumulés pour son mariage.

— C'est ce qui me fait le plus peur, a gémi Benita. Tous ces préparatifs…

— Vraiment? J'ai trouvé ça plutôt agréable, a répliqué ma mère.

— Tu as toujours été très organisée. Aux examens, tu avais systématiquement des crayons en plus «juste au cas…».

Ma mère a ri.

— Tu veux dire que j'étais dotée d'une personnalité un peu obsessionnelle-compulsive?

Les autres se sont mises à glousser.

— Au moins, j'avais ce qu'il fallait, a répliqué ma mère d'un ton plutôt enjoué, ce qui a déclenché l'hilarité des autres.

Quel genre de cigarettes pouvaient-elles bien fumer pour rigoler autant ?

J'ai passé la tête par la porte.

— M'man, Mme Kennedy va finir par appeler la police. Vous faites vraiment beaucoup de bruit.

Les épaules encore secouées par le rire, elles sont entrées dans la maison une par une. J'avais l'impression d'être une maîtresse d'école.

Amber est restée dehors ; elle était assise sur la balancelle de la galerie. Des volutes s'élevaient de sa cigarette à moitié consumée.

Je lui ai demandé :

— Tu rentres ?

Elle a secoué la tête.

— Dans une seconde. Les étoiles sont magnifiques ce soir.

J'ai pris un chandail et je me suis installée sur une chaise longue en face d'elle.

Elle a frissonné et ajouté :

— Il commence à faire plus frais. L'été est presque terminé.

J'ai regardé le ciel.

— Ne dis pas ça.

Elle a souri :

— Il reviendra l'année prochaine.

Puis, elle a tiré une autre bouffée de sa cigarette.

— Ne raconte pas à Sam que tu m'as vue fumer, sinon il n'arrêtera pas de m'embêter.

J'ai répondu :

— Ton secret ne craint rien avec moi.

J'ai pensé à l'autre secret que nous partagions.

— Tu n'as pas...

— Je ne lui ai rien dit.

Cela signifiait-il qu'il ne savait rien à propos de Marshall et d'Angela ou plutôt que quelqu'un d'autre le lui avait appris ?

— Il sait ?

Amber a hoché la tête.

— Comment va-t-il ?

Elle a haussé les épaules.

— Il s'en remettra.

Je savais que je ne devais pas lui poser la question, mais...

— Est-ce qu'il m'en veut ?

— Il ne m'en a pas parlé. Même si c'est le cas, Jes, ça passera. Il en gardera peut-être une cicatrice ou deux, mais il s'en remettra. Tu peux lui faire confiance. Tu le sais, non ?

J'ai répondu « oui » avec réticence. Je pouvais lui faire confiance, mais la réciproque était-elle vraie ? J'aurais dû tout lui raconter.

Par la fenêtre de la cuisine, j'ai entendu Angela expliquer d'une voix enthousiaste à quel point elle était excitée par ce mariage. Elle faisait comme si tout était normal. Je la revoyais soutenir calmement mon regard et affirmer qu'elle n'avait pas volé le collier. J'ai senti mon corps se raidir.

— Qu'y a-t-il ? a demandé Amber.

— Angela, elle… C'est très compliqué. Tout est devenu compliqué.

— C'est vrai, elle n'est pas facile, a enchaîné Amber. Tu sais, Jes, nous avons tous des cicatrices. Visibles ou non. Elles montrent que nous avons vécu. Personne ne traverse la vie indemne.

Elle a eu un sourire triste, et je me suis souvenue de ce qu'elle m'avait raconté sur sa mère. Il y a probablement des plaies qui ne se referment jamais totalement.

Elle s'est levée et, de la main, elle m'a donné un petit coup sur la tête comme une vieille fée fatiguée. Puis, elle s'est réfugiée à l'intérieur.

Je me suis appuyée contre la chaise longue et j'ai regardé les étoiles. J'ai repensé à ce qu'Amber m'avait confié au lac, qu'il fallait donner un sens à ce qui nous arrivait. C'est comme les constellations dans les livres : quand les points sont reliés entre eux, c'est facile de voir le Lion ou la Grande Ourse. Par contre, si les lignes sont effacées, alors là, ce n'est plus pareil.

— Salut !

La voix de Sam venait de la grille.

Il s'est assis sur la galerie à côté de moi. Je me suis enroulée dans mon chandail.

— Salut !

— Dell m'a raconté ce que tu as dit à propos d'Angela et de Marshall.

La peur m'a noué l'estomac.

Il m'a tendu une enveloppe.

— Elle est partie pour le week-end, mais elle m'a donné cette lettre pour toi.

Je l'ai prise et je me suis empressée de l'ouvrir. J'avais du mal à la lire sous la lumière du patio.

Très chère Jes (c'était plutôt bon signe),

Marshall est un sale type. Un vrai de vrai, avec des tendances misogynes (j'ai pensé : bon choix de mot, en supposant que c'était vrai). *Une pourriture puante* (là, je la retrouvais !). *Il dit que c'est Angela qui l'a provoqué, mais qui peut savoir la vérité ? Tout ce que je sais, c'est que j'aurais dû te croire. Je suis désolée. Pardonne-moi.*

Ton amie pour toujours (bourrée de remords),
Dell

J'ai parcouru la lettre deux fois, puis encore une autre, juste pour être sûre de ce que mes yeux me disaient. Chaque fois, je me sentais un peu plus légère. Ensuite, je me suis tournée vers Sam.

Il m'a demandé :

— Pourquoi ne m'as-tu rien dit ?

J'ai essayé de déchiffrer son regard, mais il était dans l'ombre.

J'ai fini par lâcher :

— Ce n'est pas vraiment agréable de se faire traiter de menteuse.

— Tu penses que je ne t'aurais pas crue ?

— N'est-ce pas ce qui se serait passé ?

— J'aurais eu plus de difficulté à penser que tu me mentais.

Je me suis sentie submergée par le soulagement.

Sam a murmuré :

— Je suis vraiment nul.

— Quoi ?

— Après deux rendez-vous seulement, Angela m'a laissé tomber. Et puis, bien sûr, il y a toi : un baiser a suffi à te faire complètement flipper.

— Tu n'es pas nul, Sam.

— Tu n'as pas vu la tête que tu as faite quand je t'ai embrassée. On aurait dit que tu avais été mordue par un scorpion.

— Ce n'était pas à cause du baiser, mais parce que c'était toi.

— C'est bizarre, mais ça ne me réconforte pas du tout.

— Je ne veux pas te perdre. Quand tu m'as embrassée, je me suis dit que, si nous commencions à sortir ensemble et si ça ne marchait pas, alors je perdrais mon meilleur ami. Je n'ai pas pensé à la peine que je risquais de te faire. Je suis désolée.

— Tu admettras quand même que je n'ai pas de chance avec les filles.

— Ça changera probablement avec le temps.

Il a eu l'air sombre.

— Probablement ?

— Je suis sûre que ça changera — probablement.

Cette fois, il a souri.

— Et puis, tu peux toujours m'appeler si ça se reproduit. Nous irons au lac, nous pêcherons ou bien nous ferons autre chose.

Ces mots me semblaient vides, puérils et peut-être un peu stupides.

Sam a objecté :

— Je ne pense pas que ça marchera à chaque fois.

— Tu as sûrement raison.

Il avait l'air beaucoup plus vieux sans ses broches, et il devait avoir grandi d'au moins soixante centimètres au cours des derniers jours. Même ses épaules semblaient plus carrées. Dell avait raison. Il était mignon. J'ai ouvert la bouche pour le lui dire.

Au lieu de cela, j'ai lâché :

— Bonne nuit.

Il a levé le bras et s'est dirigé vers le fond de la cour. J'ai entendu le bruissement du lierre quand il a poussé la barrière.

Je suis rentrée dans la maison. Angela offrait aux invités une trempette à l'artichaut. Elle riait et, de manière générale, charmait tout le monde. Malgré cela, le grand sourire qu'elle affichait semblait faux. La lettre de Dell me confirmait que ma future sœur m'avait menti, mais savoir que je ne m'étais pas trompée ne me réconfortait pas. Les paroles d'Amber me sont venues à l'esprit : personne ne traverse la vie indemne. Je me suis frayé un chemin au milieu des femmes qui riaient et je suis montée à ma chambre. Je n'avais pas dormi là depuis que j'étais partie chez mon père et, même si je ne m'étais absentée que quelques jours, j'avais la bizarre impression d'être une étrangère chez moi. J'ai pris un bloc de papier et un crayon, et je suis sortie de la chambre. Dans le couloir, j'ai fait une pause devant celle d'Alberta. J'ai pris mon courage à deux mains et je suis entrée.

Dans la pièce, il faisait lourd. J'ai marché jusqu'à la fenêtre et je l'ai ouverte. L'air frais du soir a rempli les lieux. Tous les meubles qui étaient là quand Alberta était vivante avaient disparu, mais le vide était aussi pesant que le mobilier dont nous nous étions débarrassés.

Je me suis assise par terre, là où se trouvait autrefois le lit d'enfant, et j'ai commencé à écrire. Des mots auxquels je ne m'attendais pas sont apparus sur le papier.

LES CHOSES QUE JE ME FORCE À CROIRE
Mon père et ma mère vont revenir ensemble.
Ma mère et Cal ne vont pas se marier.
Angela ne deviendra pas ma sœur.
Alberta va revenir.

J'ai posé le crayon et regardé ces mots pendant un long moment.

Chapitre 21

Le lendemain, nous avons empilé dans les voitures une partie de l'attirail qu'il fallait prendre au lac pour le mariage. Il restait une semaine avant «le grand jour», comme disait Cal. Je suis montée dans la voiture de ma mère, et Angela, dans celle de son père.

Ma mère n'a rien dit à propos du départ d'Angela et moi non plus.

— Amber nous a offert de coucher chez elle si nous décidons de rester cette nuit. Les garçons dormiront dans une tente.

— Je pourrais aller chez papa ?

— Bien sûr. Je crois qu'il n'est pas là ce week-end.

— Il est chez oncle Bob. Il va y rester jusqu'à la fin du mariage.

Nous sommes demeurées silencieuses pendant le reste du trajet.

Lorsque nous sommes arrivées au pavillon où les noces devaient avoir lieu, j'ai aidé à tout décharger.

Nous formions une drôle d'équipe. Chacun transportait des boîtes et se croisait sans se regarder. Quand tout a été terminé, je suis partie au lac.

Sam prenait des photos près des arbres bordant la plage. Je suis arrivée derrière lui. Dès qu'il m'a vue, il a dit : « Ne bouge pas », et il est parti.

Je me suis assise sur l'herbe et j'ai enfoncé mes pieds dans la terre sablonneuse. Ensuite, j'ai essayé en vain de lancer une pierre dans le lac en faisant des ricochets.

J'ai entendu quelqu'un dire :

— Tu t'y prends comme une fille.

Sam était de retour.

J'ai répliqué :

— Je ne m'abaisserai même pas à répondre à ça.

J'ai lancé une autre pierre en faisant plus attention, et elle a atterri directement dans l'eau.

J'ai entendu des pas et je me suis retournée. Sam tenait un album de photos. Il l'a posé sur mes genoux. Je l'ai toisé d'un air moqueur, mais il a juste levé les sourcils et fait une grimace qui signifiait « regarde ».

J'ai ouvert l'album avec précaution. Je ne sais pas pourquoi, mon cœur s'est mis à battre plus vite. J'ai tourné les pages les unes après les autres. Il n'y avait que des photos de moi : on me voyait à sept ans, floue, avant que Sam réussisse à faire une mise au point correcte ; à dix ans, gauche et potelée ; à treize ans, de mauvaise humeur, parce que Sam m'avait, une fois de plus, photographiée en cachette. Il y avait un cliché où ma silhouette se détachait contre le mauve du lac. Au milieu du livre se trouvait une photo de Sam. Je ne m'y attendais pas. C'est moi qui avais dû la prendre, parce que ses pieds étaient coupés. Il avait dix ou onze ans, les cheveux très courts — gracieuseté d'Amber, qui s'était transformée en barbier. Un grand sourire éclairait son visage. Je me suis mise à rire.

Puis venaient d'autres photos de moi : souriant, faisant la grimace... C'était moi vue par quelqu'un qui savait regarder. Telle que je suis.

Quand j'ai tourné la dernière page, j'ai arrêté de respirer.

Il y avait un portrait d'Alberta. Elle était dans sa poussette et elle plissait les yeux à cause du soleil. Elle semblait plus âgée, plus sérieuse qu'en réalité. Son bras droit était tendu, et elle avait l'air boudeur. On aurait dit un bouton de rose prêt à éclore. Elle était sûrement sur le point de dire « en avant », les seuls mots qu'elle connaissait. Mes yeux se sont remplis d'eau et j'ai fixé la photo pendant un long moment. Une larme a fini par couler. J'ai refermé l'album très vite.

— Ça ne t'ennuie pas que j'aie mis cette photo de ta petite sœur ?

J'ai secoué la tête, incapable de parler. Quand je me suis ressaisie, j'ai dit « merci ».

Sam a haussé les épaules.

J'ai enchaîné :

— Je suis désolée que ça n'ait pas marché avec Angela.

— Ce n'est pas vrai. Tu n'es pas désolée.

Il m'a fait un sourire, mais celui-ci était empreint de douleur.

J'ai pris un air penaud.

— OK. Je suis désolée qu'elle t'ait fait souffrir.

Il a hoché la tête, et son sourire s'est effacé.

— Ça fait partie du jeu.

Il avait l'air amer, et cela m'a rendue furieuse contre Angela.

— Elle ne te méritait pas.

Sam a pris son appareil photo :

— C'est une excellente évaluation.

Je l'ai regardé se préparer à immortaliser une abeille volant au-dessus d'une fleur, prête à en extraire le pollen. Il avait dû voir quelque chose qui m'échappait.

— Alors, Jes, nous, nous sommes quoi ?

Sa question m'a désarçonnée.

J'ai répondu sans réfléchir :

— Des amis.

— Oui.

Il a appuyé une autre fois sur le déclencheur. Son appareil était tourné vers l'horizon. Je ne pouvais qu'essayer d'imaginer ce qu'il voyait.

— Quoi d'autre ?

Je me suis creusé les méninges pour trouver la réponse appropriée. Y avait-il autre chose ?

— Je ne sais pas, ai-je admis.

— Bon, alors, qu'est-ce que nous ne sommes pas ?

— Que veux-tu dire ?

— Qu'est-ce que nous ne sommes pas ?

Il a prononcé ces mots lentement et distinctement.

Je ne comprenais toujours pas ce qu'il me demandait. Agacée, j'ai lâché :

— Je ne sais pas.

— Aha !

Il a pivoté et dirigé son appareil photo vers moi. Je n'ai pas détourné le regard. Il a appuyé sur le déclencheur.

— Donc, tu ne peux pas prétendre que nous ne sommes pas plus que des amis.

J'ai ressenti de l'exaspération mêlée à de l'amusement, ainsi qu'un tout nouveau sentiment, celui d'être heureuse de me trouver là où j'étais. Tout cela m'a fait sourire. J'ai entendu un autre déclic.

J'ai demandé :

— Qu'est-ce que tu as vu ?

— Toi. Telle que tu n'as jamais été. Je te le jure.

Il a remis le couvercle sur sa lentille.

— Maintenant, je file porter des photos à Léonard. Nous nous voyons plus tard ?

J'ai hoché la tête en continuant à sourire pendant que je le regardais partir.

Dans son dos, j'ai crié :

— Merci pour les photos.

Il a levé un bras. Je l'ai vu disparaître sur le chemin menant au chalet de Léonard, et un sentiment très bizarre m'a envahie. J'ai eu un bref tremblement, un mouvement imperceptible mais bien réel, qui m'entraînait quelque part. C'était peut-être idiot. Je me suis rempli les poumons de l'air de Mara et j'ai regardé vers la plage.

Ma mère était assise sur le quai. Elle me tournait le dos. Ses pieds trempaient dans l'eau. C'était une image familière, mais ancienne. Elle n'était pas venue ici depuis des années. J'ai marché vers elle.

— Hé, m'man !

Je me suis assise à côté d'elle.

— À quoi penses-tu ?

Elle n'a pas répondu tout de suite. Au-dessus d'elle, le drapeau violet claquait au vent. Ses couleurs avaient terni. Je ne me souvenais plus exactement du moment où nous l'avions installé là. Je me rappelais simplement que, dans une autre vie, il avait été neuf et beau.

— Je pensais à toutes les fois où je vous ai vus nager, Sam et toi. On aurait dit deux petits poissons.

Elle a souri et poursuivi :

— Même s'il y avait une centaine d'enfants dans le lac, je reconnaissais la forme de ta tête, l'eau sur tes cheveux. Tu ressemblais à une loutre toute luisante. Quand tu réapparaissais à la surface, j'étais soulagée. Puis, tu plongeais à nouveau, et j'étais inquiète de ne plus te voir. Il suffisait de si peu, alors, pour me rendre heureuse !

Son sourire a vacillé, et son regard s'est perdu dans le lointain. Je savais qu'elle ne songeait pas uniquement à moi et à Sam.

— Penses-tu encore à elle ?

— Tous les jours. Et encore plus quand je suis ici. Je la revois. Elle voulait te suivre dans l'eau et elle se mettait en colère quand je l'en empêchais.

Mes yeux ont commencé à piquer.

Je lui ai demandé :

— Tu te souviens quand tu étais enceinte et que tu chantais pour elle ? Ou quand tu me lisais des histoires ? Tu caressais toujours ton ventre. Parfois, tu prétendais qu'une des voix dans l'histoire était la sienne. Et papa…

Je me suis arrêtée brusquement, ne sachant pas si je devais continuer à évoquer notre vie d'avant.

— Oui ?

J'ai pris une profonde inspiration.

— Il t'embrassait le ventre pour lui dire bonsoir, et tu lui demandais de recommencer parce que toi, tu ne parvenais pas à le faire. Tu t'en souviens ?

Elle a hoché la tête, et des larmes ont coulé sur ses joues.

— Maintenant, oui. Pendant longtemps, je n'ai pas pu. La douleur prenait toute la place. Mais Cal m'a fait prendre conscience de quelque chose. Il m'a expliqué que, si je cessais enfin de m'accrocher à la souffrance, cela ne signifiait pas que je perdais Alberta. J'ai eu du mal à le comprendre.

— Il t'a aidée à y arriver ?

Elle a hoché la tête.

— Et, lorsque j'ai commencé à laisser aller la douleur, ou qu'elle a relâché l'emprise qu'elle avait sur moi, je ne sais trop, je me suis rendu compte que je me cramponnais aussi à toi. Je pensais pouvoir te protéger, mais il faut que je te laisse aller.

— Pas totalement, ai-je ajouté d'une petite voix.

— Bien sûr que non ! *(Elle a eu l'air choquée.)* C'est ce que tu as ressenti ?

Les larmes me sont montées aux yeux et j'ai commencé à trembler.

— D'une certaine façon, oui.

Elle a mis ses bras autour de moi. C'était chaud et rassurant.

— Oh, jamais, jamais, Jes ! Toi et moi, c'est pour la vie.

Je me suis appuyée contre son épaule.

— Amber dit qu'on ne voit les gens comme ils sont que lorsqu'on cesse de les voir comme on voudrait qu'ils soient.

— Mon amie est très sage. Moi, par exemple…

Elle s'est redressée et m'a regardée dans les yeux, sérieuse et amusée à la fois.

— Si je n'avais pas abandonné l'idée que je m'étais faite de toi, une fille parfaite ayant besoin d'une attention de tous les instants, je n'aurais jamais vu qui tu es vraiment. Une fugueuse, une menteuse et une criminelle.

J'ai essuyé mes larmes.

— Une présumée criminelle.

— Oui, bon. Ce que je veux dire, c'est que j'ai passé la plus grande partie de ta vie terrifiée — du moins depuis la mort d'Alberta —, à essayer de faire en sorte que rien de grave ne t'arrive jamais. Lorsque j'ai cessé de l'être, je me suis rendu compte que tu étais beaucoup plus forte que je ne le croyais. Qu'il n'y avait pas de monstre tapi dans l'ombre prêt à t'enlever. J'ai eu tellement peur le jour où tu es partie, quand j'ai appris que tu n'étais pas avec ton père ! Là, je ne dis pas que tu as eu raison — elle a brièvement froncé les sourcils —, mais tu as fait ce que tu devais faire, et j'ai compris que tu essayais de donner du sens à ta vie.

Elle a enchaîné :

— Tu sais ce que j'ai compris d'autre ? Ç'a été un sacré choc pour moi. J'ai fait plusieurs erreurs dans ma vie. De grosses erreurs, la plupart du temps parce que j'essayais de me protéger. Je pense que c'est pour ça qu'en épousant Cal je prends la bonne décision, même si je n'ai jamais eu aussi peur.

— Hein ? Là, je ne te suis plus.

— Je cours un risque en le laissant entrer dans ma vie. Il n'y a rien de sûr. Mais c'est une porte, je crois. Et, de toutes les choses que je veux accomplir en tant que mère, la plus importante est de te montrer qu'on peut choisir d'aller de l'avant, même si c'est terrifiant. Ton père et moi avons toujours eu de la difficulté sur ce plan. C'est la vérité. Il faut aussi que tu saches autre chose :

nous ne nous sommes pas séparés parce qu'il a eu une aventure. Ça y a contribué, mais ce n'était pas la raison principale.

— Pourquoi ne m'as-tu pas parlé plus tôt de son aventure ?

J'avais encore du mal à prononcer le mot.

Elle n'a pas répondu tout de suite.

— Je craignais que tu lui en veuilles. Il ne faut pas lui en vouloir. C'est un homme formidable.

J'ai dû avoir l'air sceptique. Alors, comme ça, les gens formidables ont des aventures ?

— Il l'est et tu le sais. Mais il a toujours souffert. Ça fait partie de sa personnalité. Pendant longtemps, j'ai cru que je pourrais le sauver, l'aider à soigner ses blessures. Mais, après la mort d'Alberta…

Elle s'est massé l'arrière du cou.

— Je ne pouvais pas nous sauver tous les deux.

Elle m'a scrutée du regard.

— Jes, tu es la preuve que nous avons fait quelque chose de bien ensemble. Alberta en aurait été une autre. Je n'arrive pas à croire que nous ayons pensé qu'un bébé pouvait cimenter notre couple, et pourtant, c'est ce que nous avons fait. Quand elle est morte, tout…

Elle s'est essuyé les yeux avec la manche de son chemisier.

— La lumière s'est éteinte, Jes. Et nous avons su que nous ne pouvions pas aller plus loin ensemble. C'est très difficile d'expliquer ça à son enfant. Je me disais que tu finirais par comprendre. Que tu verrais que c'était ce qu'il y avait de mieux à faire. Mais comment ? Comment aurais-tu pu penser qu'un divorce était la meilleure solution ?

— Ce n'était pas nécessaire.

Elle m'a regardée, intriguée.

— J'avais juste besoin de savoir que vous ne pouviez vraiment plus vivre ensemble. Maintenant, je m'en rends compte.

Ma mère a mis son bras autour de mes épaules et m'a serrée très fort. Nous sommes restées assises, à écouter le vent et à regarder l'eau scintiller au soleil. Derrière nous, un bateau avait laissé dans son sillage des vagues qui venaient mourir sur les rochers. Une fillette en maillot de bain jaune jouait dans le sable. J'ai pensé au temps qui passait, à tous les enfants que j'avais vus barboter dans l'eau. À la vie qui continuait coûte que coûte.

— Alberta n'aurait pas été parfaite, n'est-ce pas ?

Ma mère a cligné des yeux.

— Je ne crois pas.

— Elle m'aurait tapé sur les nerfs, elle aurait pris des trucs dans ma chambre, elle aurait surveillé tous mes gestes et tenu absolument à m'accompagner à chacune de mes sorties avec mes amis…

— Tu as probablement raison.

Soudain, j'ai lâché :

— Mais maman, l'arrivée subite d'Angela, ç'a été tellement déroutant pour moi !

279

— Je sais.

— Tu crois peut-être savoir, mais je doute que tu comprennes vraiment. Comment as-tu pu penser qu'elle pouvait apparaître comme ça, tout d'un coup, et devenir ma sœur ?

— Ce n'est pas vraiment ce que j'ai cru.

— Pas vraiment ? Dis plutôt que tu n'as pas du tout réfléchi à ça. Parfois, je me demande comment tu réussis à exercer ton métier. N'es-tu pas censée comprendre ce genre de situation ? Je veux dire, Angela s'est pointée à l'arrêt de bus, tu ne m'en as même pas parlé et, subitement, je l'ai trouvée installée dans ma chambre… Dans ma chambre !

J'ai pensé qu'elle allait peut-être se fâcher, mais elle a émis une sorte de gloussement. Je n'anticipais pas une telle réaction.

— Est-ce que ça t'aiderait de savoir que la plupart des thérapeutes se sentent impuissants devant leurs problèmes personnels ? Nous sommes formidables dans nos bureaux. Tu devrais me voir, Jes ! J'assure totalement ! Mais, à la maison, c'est autre chose !

— Tu assures totalement ?

Cette phrase ne faisait pas partie du vocabulaire habituel de ma mère.

Elle a hoché vigoureusement la tête.

— Laisse-moi te dire que j'ai été complètement prise au dépourvu. Cal m'avait dit qu'il avait une fille, mais je n'étais pas préparée à la voir débarquer aussi vite. Je ne savais pas quoi faire. J'avais du mal à m'habituer à l'idée que j'allais me remarier, et voilà que surgissait cette… cette…

J'ai suggéré :

— Déesse ?

Ma mère a rectifié.

— Déesse perturbée. Si elle s'était présentée à mon bureau, j'aurais su comment réagir. Mais elle est arrivée dans ma vie sans prévenir, Jes. C'est la fille de Cal. Même s'il la connaît à peine, c'est sa fille.

Sa fille.

Ces mots sont apparus en trois dimensions quand elle les a prononcés. Nous sommes restées silencieuses toutes les deux. Angela était la fille de Cal.

Nous avons échangé un regard et, instantanément, nous nous sommes comprises. Peu importe ce qui s'était passé et ce qui se passerait, je serais toujours la fille de mon père. Ma mère n'avait jamais essayé de changer cela. Maintenant, j'en étais sûre.

— On ne peut pas la renvoyer, ai-je dit, découragée.

Ma mère m'a regardée. Elle devait se demander si elle avait bien entendu.

— C'est vrai. Quand toi et Cal serez mariés, Angela deviendra ma demi-sœur et ta belle-fille. Et c'est sa fille à lui.

— Nous avons pensé y aller progressivement. Et il serait peut-être préférable qu'elle commence par régler ses problèmes avec sa mère.

— Ouais. Si tu veux mon avis, cette dernière est un peu timbrée. Savais-tu qu'elle lui a dit qu'elle aurait préféré ne l'avoir jamais mise au monde ?

Ma mère a hoché la tête.

J'ai enchaîné :

— Tu sais, l'autre jour, quand tu es arrivée au magasin après le vol, j'ai su que tout allait se régler, même si tu n'as pas complètement pris ma défense. Parce que tu me connais vraiment. Je crois que la mère d'Angela n'a pas la moindre idée de qui elle est.

Ma mère recommençait à avoir les larmes aux yeux.

— Tu es sûre ?

J'ai secoué la tête.

— Non, c'est simplement une impression. Et puis, je pourrais m'installer dans la chambre d'Alberta.

Elle a secoué la tête et s'est mise à sangloter. Puis, elle m'a serrée très fort et a murmuré :

— Tu es formidable.

Au bout de quelques minutes, je me suis dégagée de son étreinte.

— Tu devrais aller dire à Cal que tu as une fille formidable.

Elle a reniflé et ajouté :

— C'est ce que je vais faire.

Quand elle s'est levée, on aurait dit qu'elle avait rajeuni d'une bonne centaine d'années et qu'elle était beaucoup plus heureuse. Je savais que c'était en partie grâce à moi. Léonard avait raison. On ne peut vraiment voir les autres qu'avec un cœur rempli de compassion.

J'ai regardé ma mère se diriger vers la plage. Cal était debout sur la butte et, quand elle est parvenue à sa hauteur, ils se sont enlacés. J'ai détourné les yeux, mais seulement parce que c'était un peu embarrassant.

Je suis restée assise sur le ponton, en plein soleil, à observer les enfants qui jouaient dans la partie peu profonde du lac. La fillette au maillot de bain jaune refusait d'avancer dans l'eau malgré les encouragements de son père. Je comprenais parfaitement ce qu'elle ressentait. Elle se déciderait à nager quand elle serait prête.

Elle se dirigeait vers son père, puis revenait en courant vers la rive, où elle se sentait en sécurité. Lui l'attendait patiemment, les bras ouverts. Elle a fini par oser aller à lui, et il l'a attrapée. Elle avait de l'eau sur le visage, mais il la tenait fermement. Il l'a fait tournoyer autour de lui. Elle a ri à gorge déployée, et son rire a voyagé jusqu'à moi. Au même moment, le vent a caressé mon visage ; c'était comme si une main d'enfant m'avait frôlée. J'ai dit au revoir à tout cela. Le moment de le faire était venu.

Chapitre 22

Le lendemain, je me suis réveillée à l'aube. Dehors, les mouettes criaient. Comme je savais que je n'allais pas me rendormir, j'ai enfilé mon maillot de bain. Un bon plongeon dans le lac, voilà exactement ce qu'il me fallait. J'ai pris un chandail qui appartenait à mon père — il m'arrivait aux genoux — et je suis sortie du chalet.

Le lac était magnifique. Une brume légère s'élevait par endroits. Mara était de couleur lilas, avec des taches bleu foncé au milieu.

Je lui ai demandé :

— Comment te sens-tu vraiment ?

Puis, je me suis dit que je devais commencer à perdre la raison.

Je me suis dirigée vers le quai, prête à plonger dans l'eau. À mi-chemin, j'ai changé d'avis. J'ai marché jusqu'à la roulotte des Schmidt où ma mère, Cal et Angela s'étaient installés. Je suis passée à côté de la tente des garçons en essayant de faire le moins de bruit possible. Je savais qu'Angela dormait sur le canapé du solarium. J'ai monté les marches et ouvert la porte moustiquaire. En entendant un grincement, Angela a émis un grognement tout à fait inélégant. Bizarrement, j'ai trouvé ça réconfortant. Je l'ai tirée par le pied et elle s'est entièrement réveillée.

— Euh ?

Elle m'a regardée, l'air perdue, comme si elle ne savait pas qui j'étais.

J'ai chuchoté :

— Viens faire une balade.

Elle m'a demandé d'un air soupçonneux :

— Pourquoi ?

— Ce n'est pas un piège, promis.

— Mes vêtements sont à l'intérieur.

— Reste en pyjama.

Elle a demandé une nouvelle fois :

— Pourquoi ?

Elle est sortie de son sac de couchage en serrant contre elle son pyjama de flanelle.

J'ai ordonné :

— Allez, viens.

À ma grande surprise, elle m'a obéi.

Nous avons marché jusqu'au canot et enfilé nos gilets de sauvetage. Je lui ai dit de s'asseoir à l'avant. J'ai poussé le bateau avant d'y grimper en faisant attention. Quelques minutes plus tard, le silence de Mara nous a enveloppées.

J'ai plongé la pagaie dans l'eau et pointé le canot en direction de la corde de Tarzan. Angela avait enfoui ses mains dans ses manches. Elle était recroquevillée et frissonnait. Comme l'eau était calme, ce n'était pas trop difficile de pagayer toute seule. J'ai pensé que j'avais pas mal de ressources quand il le fallait.

— Pourquoi suis-je ici? a demandé Angela, l'air endormie.

Je n'ai pas répondu tout de suite, parce que je n'avais pas d'explication.

— Où te débarrasseras-tu de mon corps? a-t-elle fini par demander.

J'ai souri.

Elle a continué:

— Je n'avais pas vu l'antivol sur le collier. Je ne savais pas que l'alarme allait sonner.

— Ça n'a pas d'importance, ai-je répondu tout en pagayant plus vigoureusement.

Elle s'est tournée pour me regarder, et son mouvement brusque a fait tanguer le canot.

— Je n'avais pas l'intention de te laisser assumer la responsabilité du vol. J'ai juste paniqué.

J'ai pensé que c'était très improbable.

J'ai répété:

— Ça n'a pas d'importance.

— Si, ça en a. C'est pour ça que tu es en colère contre moi et qu'ils veulent que je parte.

— Je ne suis pas en colère et je ne pense pas que tu devrais partir.

— Quoi ?

— Je crois que tu devrais rester.

— Tu mens.

J'ai arrêté de pagayer et, presque instantanément, la surface de l'eau est redevenue lisse. On aurait dit du verre. L'eau était tellement claire que je voyais le fond du lac.

— Tu sais, quand ma sœur est morte, j'ai cru que c'était la pire chose qui pouvait m'arriver. Et puis, mon père et ma mère se sont séparés et j'ai pensé : «OK, ça ne peut pas devenir plus catastrophique.» Après, ma mère a rencontré ton père et tu es arrivée. J'ai pensé que tu étais la fille parfaite pour cette nouvelle famille reconstruite et que c'était peut-être simplement moi qui n'arrivais pas à être heureuse.

Je l'ai entendue murmurer :

— Personne n'est parfait.

J'ai lâché :

— Sans blague ! Dans le genre imparfait, tu n'es pas mal du tout : tu voles, tu piques les petits amis des autres, tu mens…

— J'ai compris. Alors ? Qu'est-ce que tu gagnes dans tout ça ? C'est toi qui deviens la fille parfaite ?

— Oh, non !

— Alors, quoi ?

Son ton était impatient.

— Je gagne une sœur. C'est la vérité, Angela. Et pas une demi-sœur diabolique — quoique peut-être un peu diabolique.

Elle m'a jeté un regard furibond, mais j'étais lancée.

J'ai commencé à crier :

— Je ne suis pas Cendrillon. Et je ne vais pas rester assise pendant que tu essaies de séduire le prince charmant.

Ce que je disais n'avait pas beaucoup de sens, mais ça me soulageait. Et puis, j'étais ravie de voir l'expression presque effrayée d'Angela.

J'ai continué :

— Sam n'est pas un flirt d'été. C'est quelqu'un de formidable qui ne mérite pas d'être traité comme tu l'as fait.

Angela était assise, impassible.

— Ce n'est pas parce que tu es jolie que tu peux te permettre de mentir aux gens. Je ne veux même pas savoir quelles étaient tes raisons, parce qu'aucune n'est assez bonne. Nous ne sommes pas stupides. Tu devrais avouer à ton père que tu as volé ce collier, car il a besoin de croire en toi. Il essaie vraiment très fort. Ce n'est pas sa faute si ça n'a pas marché avec ta mère. Ou peut-être que ça l'est, je n'en sais rien. La question est que, si nous voulons former une famille, il va falloir que tu fasses un peu plus d'efforts. Et que tu cesses de voler, de mentir, de jouer la comédie et de faire de la lèche chaque fois que tu désires quelque chose. Il faut que tu arrêtes ton délire.

Wow! Le silence était total. Même les oiseaux s'étaient tus, et les poissons aussi, probablement.

— Tu as perdu la tête?

Elle a dit ça d'un air assez hautain. Elle avait du style, ça, c'est sûr.

— Oui, j'ai perdu la tête, et j'arrête aussi de vouloir donner du sens à tout.

— Pourquoi resterais-je dans une famille aussi débile?

Il y a eu un long silence. Pourquoi, en effet?

— Parce que, pour toi, nous sommes ce qui se rapproche le plus d'une vraie famille.

Elle m'a regardée fixement. J'ai fait la même chose.

Et puis elle s'est mise debout.

Dans le canot.

Ou cette fille était stupide ou bien elle essayait de se rendre intéressante. Peu importe la raison, le bateau s'est renversé et nous a projetées brusquement dans l'eau. J'ai eu l'étrange impression que Mara se moquait de nous. Qu'il riait. D'un rire énorme.

Nous sommes remontées à la surface en même temps. Comme nous n'étions pas loin de la rive, j'ai crié à Angela de prendre la corde et nous avons réussi à ramener le canot jusqu'à la plage.

Trempées et à bout de souffle, nous nous sommes traînées sur la berge. Nous ressemblions à deux loutres. Angela, surtout, avec son pyjama de flanelle dégoulinant d'eau. J'ai senti monter en moi une envie de rire irrésistible et je me suis laissé tomber sur le sable en me tenant les côtes. Quand j'ai réussi à parler, j'ai bafouillé :

— Oh, et puis encore un truc : tu es absolument nulle comme pagayeuse.

Elle m'a fixée, puis quelque chose d'étonnant s'est produit : elle a souri et secoué la tête.

— Tu es complètement folle.

J'ai regardé le sentier qui menait à la corde de Tarzan et pris une grande respiration.

— Allons-y avant que je change d'avis.

J'ai commencé à grimper. Angela m'a suivie.

Quand je suis arrivée en haut de la falaise, mon cœur battait à tout rompre. Le ciel était rose et il restait encore quelques étoiles.

J'ai enlevé le chandail mouillé que je portais par-dessus mon maillot de bain. J'ai saisi la corde et suis montée jusqu'au point le plus haut. Après tout ce que j'avais vécu ces deux derniers jours, j'aurais cru qu'il ne restait plus de peur en moi. Mais elle était là. Elle me nouait l'estomac et me disait de ne pas sauter. Cette fois encore, j'allais reculer. La déception était tellement forte que j'en ai eu la nausée.

J'ai entendu Angela dire doucement :

— Tu peux y arriver, Jes.

J'ai pivoté et j'ai vu dans son regard qu'elle le pensait vraiment.

— Si je saute, tu resteras ?

Elle a répondu :

— C'est possible.

J'ai fermé les yeux et j'ai senti que mon corps se préparait à se lancer dans le vide. Mes pieds se sont avancés, puis le reste a suivi. J'ai donné une poussée et je me suis retrouvée en train de me balancer dans l'air. J'ai entendu Angela crier :

— Maintenant !

J'ai ouvert les yeux et lâché la corde.

À Mara, l'eau m'attend. Mes mains lâchent la corde. L'espace d'un instant, je suis suspendue dans le vide. Je sens chaque particule, chaque molécule de mon corps. Toutes mes pensées et mes peurs s'évanouissent. Le temps disparaît, et cet instant s'étire et s'étire encore, jusqu'à ce que je ne fasse plus qu'un avec ce «maintenant!».

Un «maintenant» qui durerait toujours.

Table des matières

Pour l'instant

Après un été rempli d'illusions, Jes tente d'accepter que sa vie soit en train de changer. Mais lorsqu'une nouvelle inattendue fait resurgir les remous du passé, elle craint que sa famille vole en éclats. Et puis, il y a la parfaite Angela qui semble tout faire pour s'immiscer dans sa vie. Alors que Dell s'éloigne de nouveau d'elle, tout s'embrouille pour Jes. D'une saison à l'autre, il ne lui reste qu'un présent troué d'espoir et Sam, avec qui chaque instant est plus troublant que jamais.